BRIAN LUMLEY · UNTOT

In dieser Reihe außerdem lieferbar:

2801 *Das Erwachen*
2802 *Vampirblut*
2803 *Kreaturen der Nacht*
2804 *Untot*
2805 *Totenwache*

In Vorbereitung:

2806 *Das Dämonentor*

Brian Lumley

Untot

Necroscope 4

Aus dem Englischen von Hans Gerwien

FESTA

1. Auflage
Originaltitel: *Necroscope 2: Wamphyri!*

www.Festa-Verlag.de
Umschlaggestaltung: www.babbarammdass.de
Dieses Werk wurde vermittelt durch die Literarische Agentur
Thomas Schlück GmbH, 30827 Garbsen
Druck und Bindung: Wiener Verlag, A-2325 Himberg

ISBN 3-93822-33-2

Man sagt, daß Wesen aus der Alten Zeit noch lauern
In düstren, längst vergess'nen Winkeln dieser Welt,
Und aus manchen Pforten huschen in stillen Nächten
Gestalten, die aus der Hölle stammen ...

Robert E. Howard

ERSTES KAPITEL

23.00 Uhr am ersten Freitag im September 1977: Genua

Alec Kyle und Carl Quint eilten über das regennasse Pflaster enger Gassen zum Treffpunkt mit dem KGB-Mann Felix Krakovic, einer Kneipe namens Frankies Franchise.

Tausendvierhundert Kilometer davon entfernt, in Devon, England, war es erst 22 Uhr an einem schwülen Abend im Altweibersommer. Im Harkley House lag Yulian Bodescu nackt auf dem Rücken auf seinem Bett in dem geräumigen Mansardenzimmer und ließ die Ereignisse der letzten Tage in seinem Geist Revue passieren. Auf vielerlei Weise waren diese Tage höchst befriedigend verlaufen, wenn auch gewisse Gefahren ins Spiel kamen. Ihm war zuvor das Ausmaß seines Einflusses überhaupt noch nicht klar gewesen, denn die Personen im Internat und später dann in Georgina waren schwach gewesen und hatten ihm keinen geeigneten Maßstab liefern können. Erst die Familie Lake hatte eine ernsthafte Prüfung dargestellt, und die hatte er mit fliegenden Fahnen bestanden.

George Lake war der einzige echte Prüfstein gewesen, doch ihre Auseinandersetzung war eher durch Zufall zustande gekommen, bevor Yulian eigentlich reif dafür gewesen war. Der junge Mann lächelte bedächtig und berührte vorsichtig seine Schulter. Da war noch immer ein dumpfer Schmerz zurückgeblieben, doch das war auch alles.

Und wo war »Onkel George« nun? Mit seiner Frau Anne zusammen drunten im Gewölbekeller. Wo er hingehörte, und wo der Schäferhund Wlad vor der Tür Wache stand. Nicht, daß

Yulian dies für unbedingt notwendig gehalten hätte; es war lediglich eine Vorsichtsmaßnahme.

Und was den Anderen betraf: Er hatte sein Becken verlassen und sich dort unter die Erde zurückgezogen, wo es im Keller am Dunkelsten war.

Dann war da noch Yulians »Mutter« Georgina. Sie befand sich in ihrem Zimmer, voller Selbstmitleid und in ihrem permanenten Angstzustand. So war das bereits ein halbes Jahr lang gewesen, seit er es ihr gegeben hatte. Hätte sie sich damals nicht in die Hand geschnitten, wäre wahrscheinlich gar nichts passiert. Es war jedoch geschehen, und sie hatte ihm die blutende Wunde gezeigt. Dann veränderte sich etwas in ihm, wie immer, wenn er Blut sah, doch diesmal anders als sonst. Er hatte sich nicht mehr beherrschen können. Als er ihre Hand verband, ließ er absichtlich etwas ... etwas von sich selbst in ihre Wunde fließen. Georgina hatte es nicht einmal bemerkt.

Sie war lange, lange Zeit krank gewesen, und als sie sich erholte ... nein, sie hatte sich eigentlich nicht mehr erholt. Nicht ganz jedenfalls. Und Yulian hatte gewußt, daß es in ihr heranwuchs, und daß er dessen Herr und Meister war. Auch ihr war das bewußt geworden, und deshalb auch ihre Angstzustände.

Seine »Mutter«, na ja. Tatsächlich hatte Yulian sie nie als seine Mutter betrachtet. Er war aus ihr herausgeschlüpft, das wußte er, aber ansonsten hatte er sich immer eher als den Sohn eines Vaters betrachtet – doch keines Vaters im klassischen Sinn. Er war der Sohn eines ... von etwas anderem. Aus diesem Grunde hatte er sie heute abend, wie schon hundert Mal zuvor, nach Ilya Bodescu befragt, wie und wo er gestorben war. Und um sicher zu gehen, daß sie ihm nichts verschwieg, hatte er sie in die tiefstmögliche hypnotische Trance versetzt. Und während Georgina ihm berichtet hatte, was geschehen war, war sein Geist nach Osten gelockt worden, über Meere und Berge und Ebenen geschweift, über Felder und Städte und Flüsse hinweg zu einem

Ort, der schon immer irgendwie in ihm existiert hatte, einem Ort mit Bergen und Wäldern und ... ja, genau so sah er aus: Niedrige bewaldete Hügel in Form eines Kreuzes. Die Kreuzhügel. Ein Ort, den er unbedingt besuchen mußte. Sehr bald schon ...

Er mußte einfach, denn dort würde er Antworten auf seine Fragen finden. Er stand so im Banne dieses Ortes, wie die anderen im Haus in seinem Bann standen, also voll und ganz. Und die Stärke dieser Verlockung war enorm. Das hatte er erst erkannt, nachdem George zurückgekehrt war. Aus seinem Grab im Friedhof von Blagdon – von den Toten zurückgekehrt. Das war zu allererst für ihn ein Schock gewesen, dann hatte es seine Neugier geweckt, und schließlich war es zur Offenbarung geworden! Denn es hatte Yulian Einblick gegeben in das, was er war. Nicht »wer«, sondern »was« er war. Und ganz gewiß war er mehr als nur der Sohn von Ilya und Georgina Bodescu!

Yulian war sich der Tatsache bewußt, daß er nicht ganz menschlicher Natur war, daß sogar ein Teil seiner selbst absolut *un*menschlich war, und das Wissen darum erregte ihn aufs Höchste. Er war in der Lage, Menschen zu hypnotisieren, bis sie alles taten, was er wünschte. Er konnte aus sich selbst heraus neues Leben erschaffen, zumindest Leben einer nichtmenschlichen Art. Er konnte lebende Wesen, Menschen, in ähnliche Geschöpfe wie sich selbst verwandeln. Oh, sie waren natürlich nicht so stark wie er, hatten auch nicht seine vielfältigen Fähigkeiten, doch das war ja gut so! Die Verwandlung machte sie zu seinen Sklaven und ihn zu ihrem absoluten Herrn und Meister.

Darüber hinaus war er ein Nekromant: Er war in der Lage, Leichen zu öffnen und ihnen ihre im Leben angesammelten Geheimnisse zu entreißen. Er konnte sich wie eine Katze anschleichen, wie ein Fisch schwimmen und wie ein Wolf reißen. Ihm war schon der Gedanke gekommen, daß er – sollten ihm Flügel wachsen – sogar wie eine Fledermaus fliegen könnte. Wie eine Vampirfledermaus!

Neben ihm auf dem Nachttisch lag ein gewichtiges Buch mit dem Titel: *Der Vampir in Wirklichkeit und Legende.* Nun streckte er eine schmale, schlanke Hand danach aus und berührte den schwarzen Leineneinband, fuhr mit der Fingerspitze die Form der Fledermaus nach, die dort eingeprägt war. Ein hochinteressantes Buch zweifellos, wenn auch der Titel eine Anmaßung war, genau wie der Inhalt. Die meisten der aufgeführten Legenden waren Tatsachen, deren lebendiger Beweis er selbst war, und eine Menge der angeblichen Tatsachen waren frei erfunden.

Beispielsweise der direkte Sonnenschein: der war keineswegs tödlich. Gut, er könnte ihn umbringen, sollte er so dumm sein, mehr als ein oder zwei Minuten lang mitten im Hochsommer ein »Sonnenbad« nehmen zu wollen. Es mußte wohl an irgendeiner chemischen Reaktion liegen, glaubte er. Photophobie war unter gewöhnlichen Menschen ja auch weit verbreitet. Nein, Yulian hütete sich vor dem Sonnenschein, hatte aber keinesfalls Angst davor. Es war einfach eine Vorsichtsmaßnahme, sonst nichts.

Was die angebliche Vorliebe dafür betraf, den Tag über in einem Sarg, gefüllt mit Heimaterde, zu schlafen: absolut idiotisch! Natürlich schlief er gelegentlich während des Tages, jedoch nur, wenn er den größten Teil der Nacht über wach, in Gedanken versunken, oder im Garten hin und her tigernd verbracht hatte. Er bevorzugte die Nacht, denn in der Dunkelheit oder im blassen Mondschein fühlte er sich seinem Ursprung näher. Er kam dann einem gewissen Verstehen seiner eigenen Natur nahe.

Und dann der Blutdurst eines Vampirs! Zumindest in seinem Fall stimmte das eben nicht! Oh ja, der Anblick von Blut erregte ihn, wühlte ihn innerlich auf, doch dieses dann aus den Adern eines Opfers zu trinken, entsprach kaum dem Genuß, der dem in unzähligen Erzählungen zugeschrieben wurde. Allerdings hatte er eine Vorliebe für rohes Fleisch in großen Mengen, während er nie etwas für »Grünzeug« übrig gehabt hatte. Andererseits hatte sich das Ding, das Yulian in dem Becken im Keller aufgezogen hatte, von Blut ernährt! Von Blut, Fleisch und generell allem, was lebte oder gelebt hatte. Es mußte nicht unbedingt essen, das wußte Yulian, doch wenn es eine Gelegenheit dazu hatte, nutzte es sie. Es hätte auch George in sich aufgenommen, wäre er nicht zugegen gewesen und hätte es daran gehindert.

Jener Andere ... Yulian durchlief ein entzücktes Schaudern. Er war sein absoluter Herr, und Es kannte nichts anderes als ihn. Er hatte Es aus einem Stück seiner Selbst gezüchtet. Die Erinnerung daran kam mit einer wohligen Selbstzufriedenheit.

Kurz nachdem er von der Schule gewiesen worden war, lockerte sich der erste jener Zähne, die er als seine endgültigen – zweiten – betrachtet hatte. Es war ein Backenzahn gewesen, und er hatte ihm einige Schmerzen bereitet. Doch zum Zahnarzt wollte er nicht gehen. Also hatte er so lange daran gezogen und gedrückt, bis er sich eines Nachts endlich löste. Er hatte den Zahn sorgsam untersucht, weil es ihm so eigenartig erschien, daß er einen Teil seiner Selbst abgestoßen hatte. Weißer Knochen und rote Wurzel. Er hatte ihn auf eine Untertasse gelegt und sie auf das Fensterbrett seines Zimmers gestellt. Am nächsten Morgen hatte es geklappert, als der Zahn zu Boden fiel. Rund herum waren winzige weiße Wurzelfäden gewachsen, und wie ein Einsiedlerkrebs hatte der Zahn sich von selbst zum Tellerrand gezogen, um dem morgendlichen Sonnenschein zu entkommen.

Yulians Zähne – bis auf jene Backenzähne – waren immer schon messerscharf gewesen, wie kleine Meißel, aber trotzdem eben menschliche Zähne. Bestimmt keine tierischen. Derjenige jedoch, der den anderen herausgeschoben hatte, war alles, nur kein normaler Menschenzahn. Es war eindeutig ein Reißzahn! Seither waren die meisten seiner Zähne durch solche Reißzähne ersetzt worden. Besonders die Eckzähne! Und auch die Kieferknochen hatten sich verändert, um ihnen Platz zu bieten.

Manchmal dachte er: *Vielleicht bin ich selbst der Grund für all diese Veränderungen. Möglicherweise verursache ich das alles. Durch meine Wil-*

lenskraft. Herrschaft des Verstands über die Materie. Weil ich eben böse bin.

Das hatte ihm Georgina gelegentlich vorgeworfen, als er noch klein war und auch noch auf sie hörte. Wenn er etwas gegen ihren Willen getan hatte, war er »böse gewesen«. Beispielsweise, als er mit seinen nekromantischen Experimenten begonnen hatte. Ach, seither hatte er so viele Dinge getan, die ihr absolut nicht recht gewesen waren!

Georgina – »Mutter« – vor Angst wie gelähmt, eingesperrt mit einer Fuchswelpe, die vor ihren Augen heranwuchs, schlank und kräftig und tödlich. Die Kontrolle, die sie ursprünglich über ihn ausgeübt hatte, war ihr entglitten und in seine eigenen Hände übergegangen. Es lag an seinen Augen; er mußte sie nur mit diesen Augen anblicken, und sie hatte keine Kraft mehr – war machtlos ihm gegenüber. Den Lehrern und Mitschülern im Internat war es genauso ergangen. Und mit der Übung hatte er es zur Meisterschaft auf dem Gebiet der Hypnose gebracht. In dieser Hinsicht jedenfalls hatte das Buch recht: Der Vampir war in der Lage, seine Beute vollständig zu hypnotisieren.

Und wie stand es mit der Sterblichkeit – oder Unsterblichkeit, dem »untoten« Dasein? Das stellte immer noch ein Rätsel für ihn dar, aber eines, das er bald lösen wollte. Mit George zur Hand gab es nicht mehr viel, was er nicht herausbekommen konnte. Denn George war in hohem Maß immer noch ein Mensch. Aus dem Grab zurückgekehrt, untot, ja, aber sein Fleisch war nach wie vor das eines Menschen. Und das Ding in ihm drinnen konnte in so kurzer Zeit noch nicht sehr stark gewachsen sein. Im Gegensatz zu jenem Anderen, obwohl gerade Es sehr, sehr viel Zeit hatte.

Yulian hatte selbstverständlich mit dem Anderen experimentiert. Das hatte erst sehr dürftige Ergebnisse erbracht, aber immerhin besser als gar nichts. Den Erzählungen nach erlagen Vampire dem angespitzten Pfahl. Der Andere ignorierte den

Pfahl jedoch, schien unempfindlich dagegen. Der bloße Versuch, ihn zu pfählen, hatte in etwa die Wirkung, als wolle man auf Wasser einen Abdruck hinterlassen. Manchmal konnte der Andere durchaus in festem Zustand erscheinen, Zähne bilden, rudimentäre Hände, sogar Augen. Doch meist war er wie Protoplasma, wie Gelatine. Wie sollte man da einen Pfahl durch sein »Herz« treiben oder ihm den »Kopf« abschlagen?

Dennoch war er nicht unzerstörbar, nicht unsterblich. Er konnte durchaus sterben oder getötet werden. Yulian hatte einen Teil davon in einem Ofen unten im Keller verbrannt. Und das hatte dem Ding nun wirklich nicht gefallen! Nun, ihm hätte das gewiß auch nicht gepaßt, ganz klar! Was zu einem Gedankengang führte, der ihn manchmal ins Grübeln brachte: Sollte man ihn je entlarven, sollten andere Menschen herausfinden, was er wirklich war, würden sie dann versuchen, ihn zu verbrennen? Wahrscheinlich schon. Doch wer konnte ihn wohl entlarven? Und wenn, wer würde ihm dann Glauben schenken? Die Polizei hörte sich wohl kaum eine Geschichte über Vampire an, oder? Andererseits, da gab es doch jenen örtlichen Satanistenkult. Die würden möglicherweise daran glauben!

Wieder lächelte er auf jene schreckliche Art. Jetzt mochte er sich darüber amüsieren, doch als die Polizei am Tag, nachdem George aus dem Grab zurückgekehrt war, vor seiner Tür gestanden hatte, war ihm nicht so froh ums Herz gewesen.

Fast hätte er sich zu einem verhängnisvollen Fehler hinreißen lassen, hätte zu heftig defensiv reagiert. Sicher, das hatten sie dem Verlust seines »Onkels« zugeschrieben, der ihn sehr getroffen hatte!

Sie ahnten nicht, daß der Gesuchte sich gleich unter ihren Füßen befand, drunten im Keller vor sich hin jammerte und bibberte. Und wenn schon, was hätten sie tun können? Es war ja wohl nicht Yulians Schuld, wenn George nicht still liegen konnte!

Und das war ein weiterer Teil der Legenden, die sich als wahr erwiesen hatten. Tötete ein Vampir sein Opfer auf eine besondere Weise, dann kehrte dieses Opfer als Untoter zurück. Drei Nächte lang hatte George im Grab gelegen, und in der vierten Nacht hatte er sich mit Klauen und Zähnen daraus befreit. Ein bloßer Mensch hätte das niemals zuwege gebracht, doch der Vampir in ihm hatte George die Kraft dazu verliehen, und noch einiges darüberhinaus. Der Vampir, der ursprünglich ein Teil jenes Anderen gewesen war, und der eine seiner Pseudohände in Georges Körper gesteckt und sein Herz zum Stillstand gebracht hatte. Dieser Andere, der wiederum ein Teil Yulians gewesen war, genauer gesagt, Yulians Zahn.

Welch abgerissener und blutiger Anblick Onkel George geboten hatte, als ihm Yulian in jener Nacht die Tür öffnete! Und wie sein irrsinniges Schreien und Schluchzen durch das große Haus gehallt war, bis Yulian zornig wurde und ihn in den Keller sperrte! Und dort hielt er ihn noch immer.

Yulians Blick folgte dem silbernen Mondstrahl, der sich durch eine Lücke in der Jalousie gestohlen hatte. Das lenkte ihn ab, und so mußte er sich erst wieder sammeln. Woran hatte er gerade gedacht? Ach ja, an die Polizei.

Sie waren gekommen, um von einem schockierenden Verbrechen zu berichten, der illegalen Öffnung von George Lakes Grab durch Unbekannte, und dem Diebstahl seiner Leiche. Ob Mrs. Lake noch immer im Harkley House wohne, hatten sie wissen wollen.

»Ja, natürlich, aber sie litt noch immer unter dem Schock durch den Tod ihres Mannes. Es war nicht unbedingt notwendig, daß sie mit ihr sprachen. Yulian würde es vorziehen, ihr die Nachricht selbst schonend beizubringen. Doch wer konnte für ein solch abscheuliches Verbrechen verantwortlich sein?«

»Nun, Sir, wir glauben, daß möglicherweise einer dieser Kulte am Werk ist, die Gräber schänden und Schwarze Messen abhalten. Druiden oder sowas. Teufelsanbeter, wissen Sie? Aber diesmal sind sie zu weit gegangen. Machen Sie sich keine Sorgen Sir, wir werden sie schon kriegen. Bringen Sie es Mrs. Lake bitte recht schonend bei, ja?«

»Aber selbstverständlich. Und vielen Dank, daß Sie uns die Nachricht überbracht haben, so schrecklich sie auch ist! Ich beneide Sie bestimmt nicht um Ihre Arbeit!«

»Was sein muß, muß sein, Sir. Tut uns leid, daß wir nichts Besseres mitzuteilen hatten. Gute Nacht noch ...«

Das war's gewesen.

Wieder war er vom Thema abgekommen, und erneut sammelte er sich, um weiter über jene Vampir-Legenden nachzusinnen. Spiegel: Vampire hassen Spiegel, weil sie sich darin nicht reflektieren. Unsinn – und doch auf gewisse Weise auch wahr. Yulian hatte sehr wohl ein Spiegelbild, doch wenn er sich manchmal, besonders bei Nacht, in einem Glas betrachtete, sah er viel mehr, als andere zu sehen in der Lage waren. Denn ihm war *bewußt*, was er da sah: etwas Nichtmenschliches. Und er hatte sich gefragt: Wenn andere ihn ebenfalls so sahen, sein Spiegelbild, würden sie dann auch sein wirkliches Ich erkennen, das Ungeheuer hinter dem Mann?

Und dann schließlich die Gelüste des Vampirs, der unersättlich Frauen gebrauchte, um seine Lust zu stillen. Yulian hatte durchaus Frauenblut – und mehr als nur das – genossen, und er verglich es mit schwerem roten Wein. Es erregte ihn so wie alles Blut, doch nicht in dem Maße, daß es ihn in einen Blutrausch versetzt hätte. Georgina, Anne, Helen – ihrer aller Blut hatte er genossen. Und ganz bestimmt würde er in Zukunft noch das Blut vieler anderer probieren.

Seine eigene Haltung Blut gegenüber verblüffte ihn jedoch. Wäre er ein echter Vampir, müßte doch Blut sein ganzes Leben dominieren. Aber das war nicht der Fall. Möglich, daß seine Verwandlung noch nicht abgeschlossen war. Vielleicht würde erst mit der Zeit alles Menschliche in ihm absterben und verschwinden. Dann wäre er ein vollwertiger Vampir. Oder sagte man: ein vollblütiger?

Begierde? Ja, aber es war mehr als nur die Gier nach Blut. Viel mehr. Kein Wunder, wenn sich die Frauen in den Erzählungen dem Vampir so bereitwillig hingaben. Besonders nach dem ersten Mal. Ha! Welche Frau hatte sich jemals in den Armen eines Mannes wirklich und wahrhaftig erfüllt gefühlt? Keine einzige! Sie glaubten das lediglich, weil sie es nicht anders kannten. »Erfüllt«? Vollgefüllt? Von einem bloßen Mann? Absolut unglaubwürdig! Aber von einem Vampir ...?

Yulian wandte sich ein wenig zur Seite und musterte in der mondscheindurchdrungenen Dunkelheit seines Zimmers das Mädchen neben sich. Cousine Helen. Sie war sehr schön und sie war sehr unschuldig gewesen. Nicht ganz rein, aber doch fast. Wer hatte ihr die Jungfräulichkeit geraubt? Aber was bedeutete das schon! Er jedenfalls hatte ihr nichts genommen und nicht viel gegeben. Sie hatten sich eine Stunde lang etwas unbeholfen geliebt.

Und jetzt? Jetzt wußte sie, wie das war, »erfüllt« zu sein. Und ihr war vollständig klar, daß er sie wirklich bis zum Gehtnichtmehr erfüllen konnte – sie zu Tode lieben.

Er mußte unwillkürlich schmunzeln. Oh, ja, der Andere war nicht der einzige, der Fühler ausstrecken konnte, sich selbst in einen anderen hinein verlängern. Yulian hielt das Lachen zurück, das in ihm aufstieg und heraus wollte, streckte die Hand aus und streichelte mit täuschender Zärtlichkeit Helens kühle, runde Hüfte.

Obwohl sie tief schlief und die Träume der Verdammten träumte, bebte sie leicht unter seiner Berührung. Sie bekam eine Gänsehaut und ihre Atmung beschleunigte sich. Sie stöhnte leise in ihrem hypnotischen Schlaf. Ja, er beherrschte die Macht der Hypnose, so wie die der Telepathie, die ihr verwandt war.

Nirgends in der Literatur – von gelegentlichen Hinweisen in den besseren Erzählungen einmal abgesehen – hatte Yulian irgendwelche Erwähnungen bezüglich der Macht des Vampirs über andere durch Ausübung seines bloßen Willens und über das Lesen der Gedanken anderer auf eine gewisse Entfernung gefunden. Doch gerade das gehörte zu seinen besonderen Talenten. Alles war noch ein wenig durcheinander, wie seine gesamten Fähigkeiten, aber auch ganz real. Wenn es einmal von ihm berührt worden war, sein Körper durch ihn entweiht, war das Opfer für ihn wie ein offenes Buch, auch auf einige Entfernung. Selbst jetzt, wenn er auf eine bestimmte Weise geistige Fühler ausstreckte ... jawohl! Da waren die dumpfen, unausgefüllten Gedanken des Anderen. Nein, nicht einmal das; er hatte lediglich das instinktive, noch nicht ausgebildete Bewußtsein des Anderen berührt, das eher dem eines Tieres glich. Der Andere war sich seiner Selbst etwa auf die gleiche Weise bewußt wie eine Amöbe, und da er ein Teil Yulians gewesen war, konnte er ihn geistig berühren.

Da er mittlerweile Helen, Anne, George und Georgina genommen – benutzt hatte –, war er in der Lage, sie alle wahrzunehmen. Er zog seine externen Gedanken von dem Anderen ab und ließ sie weiter schweifen ... und da war Anne, die in einer kalten, feuchten Ecke des alten Kellers schlief. Und da war George. Nur – George schlief nicht.

George. Yulian war bewußt, daß er in Kürze etwas in Bezug auf George unternehmen mußte. Er verhielt sich nicht so, wie er sollte. Da war ein gewisser Widerstand zu spüren. Oh, ja, er stand zu Anfang ganz unter Yulians Kontrolle, genau wie die Frauen. Doch kürzlich ...

Yulian konzentrierte sich auf Georges Geist, bohrte sich förmlich in seine Gedanken hinein, und – *ein Abgrund schwarzen Hasses, durchsetzt mit heißem Zorn! Auch Begierde war dabei – eine bestialische Begierde, die Yulian kaum glauben konnte – und nicht nur eine Gier nach Blut, sondern auch nach ... Rache?*

Mit einem geistigen Stirnrunzeln zog sich Yulian aus Georges Geist zurück, bevor dieser ihn bemerkte. Offensichtlich würde er sich früher, als er gedacht hatte, mit seinem Onkel auseinandersetzen müssen. Er hatte sich bereits entschlossen, ihn zu verwenden – wußte auch genau, auf welche Weise – doch nun mußte er ganz präzise vorausplanen. Morgen vielleicht. Wenn er diese nichtsahnende untote Kreatur weiterhin im Keller herumtoben ließ, und ...

Was war das?

Die Härchen in seinem Nacken sträubten sich. Yulian schwang seine Beine aus dem Bett und stand auf.

Es war keine der Frauen gewesen, und George hatte er gerade eben erst verlassen, also – wer war es dann? Jemand ganz in der Nähe dachte an Harkley House und sogar an ihn!

Yulian ging zum Fenster und spähte zwischen den Vorhängen hindurch in die Nacht hinein.

Das Gartengrundstück: die alten, verfallenden Gebäude, die Kieswege, das Gestrüpp, der Hain, die hohe Gartenmauer mit dem Tor zur Straße, die wie ein blasser Streifen im Mondschein glänzte, und dahinter eine hohe Hecke.

Yulian runzelte die Nase und schnupperte wie ein Hund, der einen Fremden wittert. Oh, ja, einen Fremden – *dort!* In der Hecke, dieses Schimmern wie Mondschein auf Glas und das schwache rote Glühen einer Zigarette.

Jemand stand im Schatten der Hecke und beobachtete das Haus. Beobachtete Yulian!

Jetzt wußte er, wohin er seine Gedanken lenken mußte. Er tat es und – traf auf den Geist eines Fremden. Doch nur einen Moment lang, eine winzige Zeitspanne. Dann schlugen mentale Rolläden mit der Wucht einer Stahlfalle herunter. Das Schimmern der Brille und der Zigarettenspitze verschwand, und der Mann selbst – ein bloßer Schatten – war weg.

Wlad! rief Yulian instinktiv in Gedanken. *Suche ihn! Wer es auch sein mag: Bring ihn mir her!*

Und drunten im Gewirr der Brombeersträucher und des Unterholzes in der Nähe des Kellereingangs erwachte Wlad augenblicklich aus seinem Schlummer, stellte seine Lauscher in Richtung Fahrweg und Tor, sprang auf und rannte mit langen Sätzen los. Tief in seiner Kehle erklang ein drohendes Grollen, das sich nicht mehr wie das Knurren eines Hundes anhörte.

Darcy Clarke hatte die Spätschicht am Harkley House übernommen. Er war ein »Fühler« mit großem telepathischen Potential. Außerdem hatte er einen Hang zur Selbsterhaltung, der etwas über dem Normalen lag. Er hatte seine Fähigkeiten nicht unter bewußter Kontrolle, und diese Fähigkeiten schienen stets in Alarmbereitschaft zu sein und ihn in allen Lagen zu beschützen. Er trug, bildlich gesprochen, seinen Schutzengel in sich. Was sich in diesem Fall auch als nützlich erwies.

Clarke war jung, erst fünfundzwanzig, aber was ihm an Erfahrung fehlte, machte er durch Eifer und Ehrgeiz wett. Er hätte einen perfekten Soldaten abgegeben, denn seine Pflicht ging ihm über alles. Diese Pflicht hatte ihn von 17.00 bis 23.00 Uhr hierher zum Harkley House geführt.

Um Punkt 23.00 Uhr beobachtete er, wie sich die Vorhänge an einem der Schlafzimmerfenster ein wenig auseinanderschoben.

Das hatte an sich nichts zu bedeuten. Es befanden sich fünf Menschen und Weißgottnochwassonst im Haus, und da waren gewisse Lebenszeichen normal. Clarke schnitt eine Grimasse, als er sich selbst verbesserte: gewisse Zeichen untoter Existenz. Er war über die ungewöhnlichen Einwohner des Hauses im Bilde. Doch als er sein Nachtglas justierte und auf das Fenster richtete, war da plötzlich noch etwas anderes, und das Bewußtsein dieses anderen traf Clarke mit der Gewalt eines Blitzes.

Er hatte natürlich gewußt, daß einer der Bewohner – wahrscheinlich der junge Mann – über psychische Fähigkeiten verfügte. Das war offensichtlich geworden, jedenfalls in diesen vier Tagen, in denen Clarke und die anderen das Haus observierten. Für jeden auch nur halbwegs talentierten Telepathen stank das Haus geradezu nach Fremdartigkeit, ja nach Bösartigkeit!

Heute abend, als sich die Dunkelheit herabsenkte, hatte Clarke gefühlt, wie sich diese Ausstrahlung verstärkte, wie ihn eine düstere Woge von drüben her überschwemmte, doch als diese dunkle Gestalt hinter dem Spalt der Vorhänge sichtbar wurde und er sein Nachtglas darauf gerichtet hatte –

– war mit einem Mal jemand in seinem Kopf gewesen, hatte seinen Geist berührt! Ein Talent, mindestens genauso stark wie sein eigenes, und es schnüffelte in seinen Gedanken herum.

Aber diese Fähigkeit an sich war es nicht, was ihn so überraschte. Mit seinen Kollegen bei INTESP hatte er eigentlich ständig Räuber und Gendarm gespielt. Jeder hatte versucht, in die Gedanken der anderen einzudringen und sich andererseits gegen ein solches Eindringen zu schützen. Das war einfach Training. Nein, was ihn an diesem kurzen Kontakt so überrascht hatte, war die ungezügelte, tierhafte Feindseligkeit, die ihn nach Luft schnappen ließ. So hatte er blitzschnell die Jalousien um sein ESP-begabtes Bewußtsein heruntergelassen, hatte den gurgelnden, schwarzen Mahlstrom des eindringenden Geistes ausgesperrt.

Und weil er seine psychische Verteidigung aktiviert hatte, konnte er die physische Bedrohung nicht mehr wahrnehmen, wußte nichts von dem Befehl, den Yulian seinem schwarzen Schäferhund erteilt hatte.

Doch sein angeborenes Talent, das noch niemand richtig durchschauen konnte, versagte nicht. Es war 23.00 Uhr, und seine Anweisungen waren klar gewesen: Er würde sich nun ins augenblickliche Hauptquartier in einem Hotel in Paignton zurückbegeben und Bericht erstatten. Die Observation des Hauses würde um 6.00 Uhr morgens durch einen Kollegen Clarkes wieder aufgenommen werden. So warf er den Zigarettenstummel weg, zerdrückte ihn mit dem Absatz, und steckte das Nachtglas ein.

Clarkes Wagen war in einer schmalen Einfahrt geparkt, wo Hecke und Zaun etwa zwanzig Meter von seinem Standpunkt entfernt durch einen Feldweg unterbrochen wurden, und zwar hinter der Hecke, direkt am Rain eines Ackers. Er legte seine Hand bereits auf die oberste Strebe des Zauns, um hinüber zur Straße zu klettern, überlegte es sich jedoch anders. Obwohl ihm das nicht bewußt war, kam sein Schutzengel ihm zu Hilfe. Statt auf der Straße eilte er den grasbewachsenen Rain entlang zu seinem Auto. Das Gras war feucht, und er machte sich die Hosenbeine naß, aber das ignorierte er. So sparte er Zeit, und er hatte es nun ziemlich eilig, diesen Ort zu verlassen. Das war ja wohl verständlich, dachte er, im Licht der gerade gewonnenen Erkenntnis. Und es fiel ihm kaum auf, daß er schließlich im Laufschritt bei seinem Auto ankam.

Und in dem Moment, als er unbeholfen den Schlüssel ins Schloß steckte und umdrehte, hörte er jemand anderes heranrennen: schweres Hecheln und das heftige Tapsen von dicken Pfoten, und dann sprang dieser Jemand über den Zaun, genau dort, wo er vorher gestanden hatte!

Hastig riß er die Tür auf, sprang ins Auto, knallte die Tür wieder zu und spähte schwer atmend und mit heftig klopfendem Herz in die Dunkelheit hinein.

Zwei Sekunden später prallte Wlad mit der ganzen Wucht seines kräftigen Hundekörpers gegen die Autotür!

Er schlug mit solcher Wucht auf das Auto auf, daß die Seitenscheibe in einem Spinnwebenmuster sprang. Es klang wie ein Hammerschlag, und Clarke wurde bewußt, daß die Scheibe bei einem zweiten solchen Aufprall in tausend Scherben zerspringen und ihn schutzlos ausliefern würde. Er hatte jedoch erkannt, wer, oder besser: was sein Angreifer war, und er hatte nicht die

Absicht, still sitzen zu bleiben und abzuwarten, was passieren würde.

So drehte er den Schlüssel im Zündschloß, ließ den Motor aufheulen und setzte rutschend einen Meter zurück, damit die vordere Stoßstange sich nicht in tief hängenden Zweigen verfing. So führte Wlads zweiter Sprung diesen direkt auf die Kühlerhaube.

Durch die Windschutzscheibe sah der junge ESPer jetzt, welches Glück er gehabt hatte. Im Freien hätte er keine Chance gehabt – nicht die geringste!

Wlads Schnauze war verzerrt, die Lefzen hochgezogen, Schaum tropfte ihm von den Zähnen, und er wirkte wie ein knurrendes, wahnsinniges Sinnbild der Wut und Zerstörung. Gelbe Augen mit purpurroten Pupillen starrten Clarke durch die Scheibe so glühend an, daß er fast glaubte, spüren zu können, wie sie Hitze ausstrahlten.

Dann hatte Clarke den ersten Gang drin und schlitterte auf die Straße hinaus.

Als der Wagen ruckartig anfuhr, verloren die Pfoten des Hundes den Halt, und er rutschte seitlich von der Kühlerhaube und wurde in die Hecke geschleudert, während Clarke heftig beschleunigte. Im Rückspiegel sah er noch, wie der Hund aus der Hecke auftauchte, sich schüttelte und dem Auto hinterher starrte, doch dann war er um die nächste Kurve und verlor das Tier aus der Sicht.

Was Clarke ganz gewiß nicht bedauerte. Er zitterte noch immer, als er den Motor auf dem Hotelparkplatz in Paignton abschaltete. Dann zündete er erst einmal eine Zigarette an, lehnte sich im Sitz zurück und rauchte sie bis auf den letzten Stummel, bevor er sich aufmachte, um Bericht zu erstatten.

Frankies Franchise war ganz und gar schmuddelig. Es war ein Treffpunkt für notorische Hafenratten, Prostituierte und ihre

Zuhälter, für Junkies und die Asozialen Genuas. Es war laut drinnen. Eine alte amerikanische Jukebox – gerade wieder in Mode gekommen – plärrte Little Richards ›Tutti Frutti‹ wie einen Lärmorkan durch die Gaststube. Es gab keine Ecke, wo man vor der Musik sicher war, aber in einem halben Dutzend Nischen konnte man zumindest die eigenen Gedanken wahrnehmen. Deshalb war Frankies ein solch idealer Ort für Treffen dieser Art: Man konnte sich nicht darauf konzentrieren, auch noch die Gedanken anderer zu belauschen.

Alec Kyle, Carl Quint, Felix Krakovic und Sergei Gulharov saßen an einem kleinen viereckigen Tisch, den schützenden Nischenwänden die Rücken zugekehrt. Über ihre Drinks hinweg blickten sich Osten und Westen neugierig an. Komischerweise tranken ausgerechnet Kyle und Quint Wodka, während Krakovic und Gulharov amerikanisches Bier schlürften.

Sich gegenseitig zu erkennen, war die leichteste Sache auf der Welt gewesen. In Frankies Franchise glich sonst niemand den vorab gegebenen Personenbeschreibungen. Doch die äußere Erscheinung war nicht ausschlaggebend; im allgemeinen Durcheinander nahmen die drei Psychosensitiven dennoch die jeweilige Aura des anderen deutlich wahr. Sie hatten einander zugenickt und waren mit ihren Drinks von der Bar in die unbesetzte Nische geschlendert. Manche Stammgäste hatten ihnen neugierige Blicke zugeworfen – die harten Typen ein wenig vorsichtig, die Prostituierten abschätzend. Sie hatten die Blicke nicht erwidert.

Nachdem sie sich gesetzt hatten, begann Krakovic die Unterhaltung: »Ich glaube nicht, Sie sprechen meine Sprache«, hatte er mit einem deutlichen, aber durchaus nicht unangenehmen Akzent gesagt, »aber ich sprechen Ihre. Nicht gut. Das ist mein Freund Sergei.« Er nickte in Richtung seines Begleiters. »Er sprechen sehr, sehr wenig Englisch. Er hat nicht Fähigkeit der ESP.«

Kyle und Quint folgten der Aufforderung und sahen Gulharov an. Was sie erblickten, war ein relativ gut aussehender junger

Mann mit kurz geschnittenem blonden Haar, grauen Augen und hart wirkenden Händen, die nun auf dem Tisch lagen und sein Bierglas umfaßten. Er schien sich in seiner westlichen Kleidung nicht allzu wohl zu fühlen, und sie paßte auch nicht so recht.

»Das mag stimmen«, sagte Quint mit verengten, aufmerksamen Augen. Er sah Krakovic wieder an. »Diese Fähigkeiten besitzt er nicht, aber ich bin sicher, er verfügt über andere nützliche Talente.«

Krakovic lächelte leicht und nickte. Er schien allerdings unangenehm berührt.

Kyle hatte mittlerweile Krakovic gemustert und ihn in seinem Gedächtnis gespeichert. Der russische Leiter der ESPionage war Ende dreißig. Sein schwarzes Haar war recht dünn, und aus seinem schmalen, beinahe hageren Gesicht blickte Kyle ein Paar durchdringender grüner Augen an. Krakovic war mittelgroß und schlank.

Ein gehäutetes Kaninchen, dachte Kyle. Doch die dünnen, blassen Lippen wirkten trotzdem stark, und die hohe Stirn ließ auf einige Intelligenz schließen.

Krakovics Eindruck von Kyle entsprach dem ebenfalls mehr oder weniger: ein Mann, ein paar Jahre jünger als er selbst, intelligent, fähig. Nur was die äußere Erscheinung betraf, unterschied sich Kyle von ihm, doch das spielte keine Rolle. Kyles Haar war braun und voll und von Natur gelockt. Er war kräftig, hatte ein wenig Übergewicht, aber das fiel bei seiner Größe kaum auf. Die Augen waren ebenso braun wie das Haar, die Zähne in seinem etwas zu breiten Mund, der sich ganz leicht von links nach rechts herunterzog, waren ebenmäßig und weiß. Diesen Zug um den Mund hätte man bei jemand anderem als Zynismus auslegen können, doch nicht bei Kyle, dachte Krakovic.

Quint andererseits wirkte aggressiver, aber er verfügte wahrscheinlich über eine eiserne Beherrschung. Er kam bestimmt zu schnellen Entschlüssen, ob sie nun richtig oder falsch waren.

Und danach würde er vermutlich auch handeln. Handeln und hoffen, das Richtige getan zu haben. Wenn es sich als falsch herausstellte, würde er allerdings keine Schuldgefühle entwickeln. Er wirkte überhaupt nicht sehr emotional gesteuert. All das las Krakovic aus Quints Gesicht und dessen Haltung, und Krakovic bildete sich auf seine Menschenkenntnis einiges ein. Quint war geschmeidig wie eine Katze. Wie eine angespannte Feder. Es lag keine Nervosität in dieser Haltung – lediglich die natürliche Fähigkeit, schnell zu denken und zu handeln. Seine blauen Augen blickten entwaffnend drein und so, als entgehe ihnen nichts. Die Nase war schmal und gerade, die Stirn von Denkerfalten zerfurcht. Auch er war Mitte dreißig, und seine Haare wurden bereits dünn. Und er verfügte über ein Talent. Krakovic war sicher, daß Quint extrem psychosensitiv war. Er konnte andere Begabte aufspüren.

»Oh, Sergei Gulharov ist ...«, antwortete Krakovic endlich, »... mein ... Leibwächter. Allerdings nicht auf die Weise, die Sie und ich bevorzugen. Ein solches Talent er hat nicht. Mit uns vier am Tisch, ich ihn als einzigen normal nennen. Ist nicht gut«, und nun sah er Kyle anklagend an. »Sie und ich wollten als Gleiche treffen, ohne, äh, Unterstützung?«

In diesem Augenblick brach die Musik ab, und dann wurde der Rock'n Roll durch ein italienisches Lied ersetzt.

»Krakovic«, sagte Kyle, der nun scharf dreinblickte und betont leise sprach, »wir sollten das am besten gleich klären. Sie haben recht. Wir hatten vereinbart, daß wir beide zusammentreffen wollten. Jeder von uns durfte einen Begleiter mitbringen. Aber keine Telepathen. Wir sollten miteinander verhandeln, ohne daß jemand anders in unseren Gedanken herumschnüffeln konnte. Quint ist kein Telepath, er ist lediglich ein Spürer. Also haben wir nicht geschummelt. Und was Ihren Mann hier – Gulharov? – betrifft: Quint sagt, er sei clean und Sie haben ebenfalls nicht geschummelt. So mag es jedenfalls scheinen – aber Ihr dritter Mann ist eine Zumutung!«

»Mein *dritter* Mann?« Krakovic richtete sich hoch auf und machte einen völlig überraschten Eindruck. »Ich habe kei...«

»Doch!« unterbrach ihn Quint. »KGB. Wir haben ihn gesehen. Genauer gesagt, befindet er sich ebenfalls hier in Frankies Franchise.«

Das war auch für Kyle eine Neuigkeit. Er sah Quint an. »Sind Sie sicher?«

Quint nickte. »Sehen Sie nicht hin. Er sitzt dort drüben mit einer genuesischen Hure in der Ecke. Er hat sich umgezogen und sieht jetzt wie ein Seemann aus. Keine schlechte Verkleidung – aber ich habe ihn in dem Augenblick erkannt, als wir hereinkamen.«

Krakovic beobachtete den Mann aus dem Augenwinkel und schüttelte dann bedächtig den Kopf. »Ich kennen ihn nicht«, sagte er. »Nicht Überraschung. Ich kennen alle nicht. Ich mag nicht – ich lehne es sehr ab! Aber ... sind Sie sicher? Wie können Sie sicher sein?«

Kyle wäre durch diese Frage in Verlegenheit geraten, doch nicht Quint. »Wir haben die gleiche Art von E-Dezernat wie Sie, Kamerad, aber wir sind besser. Er ist vom KGB, ganz eindeutig.«

Krakovic war offensichtlich wütend. Sein Zorn war allerdings nicht gegen Quint gerichtet, sondern bezog sich auf die Lage, in der er sich nun befand. »Unerträglich!« fauchte er. »Der Parteivorsitzende haben mir versichert ...« Er blickte auf und hätte sich beinahe dem Mann zugewandt. Kräftig war er, feist, und er trug einen groben Arbeitsanzug mit offenem Hemd. Sein Hals erschien Krakovic fast so dick wie seine eigene Taille. Glücklicherweise sah er gerade in die andere Richtung, da er sich mit der Prostituierten lebhaft unterhielt.

Bevor Krakovic sich noch weiter echauffierte, sagte Kyle schnell: »Ich glaube Ihnen – daß Sie ihn nicht kennen. Es wurde hinter Ihrem Rücken arrangiert. Also entspannen Sie sich und verhalten Sie sich ganz natürlich. Es ist ohnehin offensichtlich, daß wir uns hier nicht unterhalten können. Abgesehen von der

Tatsache, daß wir überwacht werden, ist es viel zu laut. Und außerdem, es könnte sogar sein, daß wir abgehört werden!«

Krakovic sackte mit einem Mal auf seinem Stuhl in sich zusammen. Er blickte überrascht drein und sah sich nervös um. »Abgehört?« Er erinnerte sich daran, daß sein ehemaliger Chef, Borowitz, auch etwas für elektronische Überwachung übrig gehabt hatte.

»Könnte gut sein.« Quint nickte kurz »Entweder ist er Ihnen hierher gefolgt, oder er wußte im voraus, wo wir uns treffen.«

Krakovic schnaubte. »Das geraten außer Kontrolle. Ich bin nicht so gut bei dies. Was nun?«

Kyle sah Krakovic an und wußte, daß dieser nichts vortäuschte. Er grinste. »Ich bin auch nicht so gut in solchen Angelegenheiten. Hören Sie: Ich bin wie Sie, Felix. Ich prognostiziere. Ich weiß nicht, wie Sie das nennen. Ich – äh – sage die Zukunft voraus? Gelegentlich kann ich recht zuverlässig vorhersagen, was geschehen wird. Verstehen Sie?«

»Natürlich«, bestätigte Krakovic. »Ist auch mein Talent. Aber ich erhalte meistens Warnungen. Also?«

»Also habe ich vorausgesehen, daß wir gut miteinander auskommen. Wie steht's mit Ihnen?«

Krakovic seufzte erleichtert. »Ich genauso.« Er zuckte die Achseln. »Wenigstens keine Warnung.« Die Zeit rann dem Russen durch die Finger, und es gab Dinge, die er unter allen Umständen wissen mußte, Fragen, auf die er Antworten benötigte. Dieser Engländer war womöglich der einzige, der sie beantworten konnte. »Was wir also tun?«

Quint sagte: »Warten Sie.« Er stand auf, ging zur Bar, bestellte neue Drinks. Und er sprach mit dem Barmann. Dann kam er mit einem Tablett zurück, auf dem die neuen Drinks standen. »Wenn wir ein Zeichen von dem Kerl hinter der Bar erhalten, verschwinden wir schnell von hier«, sagte er.

»Was?« Kyle verstand nichts.

»Taxi«, erklärte Quint, wobei er angespannt lächelte. »Ich habe eins bestellt. Wir fahren zum ... zum Flughafen! Warum nicht? Unterwegs können wir uns unterhalten. Und in der Ankunftshalle des Flughafens suchen wir uns ein warmes, gemütliches Plätzchen und unterhalten uns weiter. Selbst wenn sich unser Freund dort drüben nicht abhängen läßt, wird er nicht wagen, uns zu nahe zu kommen. Und sollte er wirklich auftauchen, nehmen wir uns ein Taxi irgendwo anders hin.«

»Gut!« stimmte Krakovic zu.

Fünf Minuten später kam ihr Taxi und alle vier eilten schnell hinaus. Kyle war der letzte. Als er sich umblickte, sah er, wie der KGB-Mann mit vor Zorn und Frust verzogenem Gesicht langsam aufstand.

Im Taxi und später im Flughafen unterhielten sie sich ausführlich. Sie begannen gegen 23.40 Uhr und gegen 2.30 Uhr morgens waren sie fertig. Kyle bestritt den größten Teil des Gesprächs, von Quint unterstützt, während Krakovic vor allem gespannt zuhörte und sie von Zeit zu Zeit unterbrach, um etwas zu bestätigen oder um eine Erklärung zu bitten.

Kyle begann folgendermaßen: »Harry Keogh war unser bester Mann. Er verfügte über Fähigkeiten, die noch kein anderer aufwies. Ein unglaubliches Talent. Er berichtete mir das alles, was ich Ihnen nun weitergebe. Wenn Sie das glauben, was ich Ihnen erzählen werde, können wir Ihnen bei der Bewältigung einiger gravierender Probleme behilflich sein, die Sie in Rußland und Rumänien zu lösen haben. Falls wir Ihnen helfen, helfen wir uns gleichzeitig selbst, denn wir werden einiges an Erfahrungen sammeln. Nun – wollen Sie wissen, wie Borowitz starb? Was mit Max Batu war und wie er umkam? Wie es dazu kam, daß diese ... mumifizierten Männer in jener Nacht Schloß Bronnitsy zerstörten? Ich kann Ihnen das alles erklären. Und was noch wichtiger ist, ich kann Ihnen viel über Dragosani berichten.«

Und fast drei Stunden später endete er mit folgenden Worten:

»Also war Dragosani ein Vampir. Und es gibt noch mehr von der Sorte. Bei Ihnen, und genauso bei uns. Wir wissen zumindest, wo bei Ihnen einer steckt. Oder falls es kein Vampir ist, dann auf jeden Fall etwas, das ein Vampir hinterlassen hat. Was sich als genauso schlimm herausstellen könnte. Was auch immer – es muß vernichtet werden. Wir können Ihnen behilflich sein, wenn Sie uns lassen. Bezeichnen Sie es als was immer Sie wollen – politische Annäherung meinetwegen. Lassen Sie uns diese gemeinsame Bedrohung beseitigen. Wenn Sie unsere Hilfe nicht annehmen möchten, müssen Sie auch selbst damit fertig werden. Doch wir würden Ihnen gern helfen, um dabei selbst einiges zu erfahren. Sehen Sie den Tatsachen ins Auge, Felix, dies ist wichtiger als die üblichen Ost-West-Streitereien. Sollte es sich um eine Epidemie handeln, würden wir ja doch zusammenarbeiten, oder? Gegen den Drogenhandel. Falls Schiffe in Seenot geraten. Klar würden wir! Und ich gestehe Ihnen ganz offen, daß unser Problem zu Hause in England größer sein könnte, als bisher angenommen. Je mehr wir durch Sie dazulernen, desto besser. Besser für uns alle ...«

Krakovic hatte längere Zeit geschwiegen.

Schließlich sagte er: »Wollen Sie mit mir in die UdSSR kommen und ... die Sache erledigen ...?«

»Nicht in die UdSSR«, sagte Quint. »Nach Rumänien. Das gehört ja immer noch zu Ihrem Einflußbereich.«

»Sie beide? Sowohl der Chef, als auch ein weiteres hochrangiges Mitglied Ihres E-Dezernats? Sein das nicht großes Risiko?«

Kyle schüttelte den Kopf. »Nicht Ihnen gegenüber. Das glaube ich jedenfalls nicht. Außerdem müssen wir damit anfangen, uns gegenseitig zu vertrauen. Wir haben damit begonnen, also warum nicht gleich richtig?«

Krakovic nickte. »Und hinterher, vielleicht ich komme mit zu Ihnen? Ihnen helfen bei Ihrem Problem?«

»Wenn Sie möchten?«

Krakovic dachte nach. »Sie sagen mir eine Menge«, äußerte er sich schließlich. »Und Sie vielleicht lösen großes Problem für mich. Aber Sie nicht gesagt, wo genau ist dieses Wesen in Rumänien.«

»Falls Sie das allein in Angriff nehmen wollen«, sagte Kyle, »werde ich es Ihnen sagen. Nicht genau, denn ich weiß es selbst nicht so genau, aber sicher genau genug, um es aufzuspüren. Wenn wir zusammenarbeiten, sind wir sehr viel schneller damit fertig, klar?«

»Und ...« Krakovic grübelte offensichtlich noch. »... Sie nicht gesagt, wie Sie all das wissen. Schwer akzeptieren alles, wenn ich nicht weiß, wie Sie es erfahren.«

»Harry Keogh hat es mir berichtet«, antwortete Kyle.

»Keogh schon lange Zeit tot!« entgegnete Krakovic.

»Stimmt«, warf Quint ein, »aber er berichtete uns alles bis zu dem Zeitpunkt, als er starb.«

»Ach?« Krakovic atmete scharf ein. »So gut er war? Talent wie dieses bei Telepath muß ... sehr selten sein.«

»Absolut einmalig!« bestätigte Kyle.

»Und Ihr Verein hat ihn umgebracht!« klagte Quint.

Krakovic wandte sich ihm schnell zu. »Dragosani tötete ihn. Und er hätte beinahe Dragosani ebenfalls getötet.«

Jetzt blieb Kyle der Mund offen stehen. »Beinahe? Wollen Sie damit sagen, daß ...?«

Krakovic hob beruhigend eine Hand. »Ich beendet, was Keogh begann«, sagte er. »Ich erkläre Ihnen noch. Aber zuerst: Sie sagen, Keogh war in Kontakt bis zum Ende?«

Kyle hätte zu gern gesagt: *Er ist es immer noch!* Aber dieses Geheimnis sollte eines bleiben. »Ja«, antwortete er also.

»Dann Sie können beschreiben, was in dieser Nacht geschehen?«

»Ganz detailliert«, bestätigte Kyle. »Kann Sie das davon überzeugen, daß auch der Rest dessen, was ich Ihnen sagte, der Wahrheit entspricht?« Krakovic nickte bedächtig.

»Sie kamen aus der Nacht und dem fallenden Schnee«, begann Kyle. »Zombies, Männer, die vor vierhundert Jahren gestorben waren, und Harry führte sie an. Kugeln konnten sie nicht aufhalten, denn sie waren bereits tot. Mäht man sie mit Maschinengewehren nieder, kriechen die Einzelteile immer noch weiter. Sie drangen in Ihre Verteidigungsstellungen ein, überall. Sie zogen Handgranaten ab, kämpften mit uralten, rostigen Waffen, mit ihren Schwertern und Äxten. Es waren Tartaren, furchtlos, und noch einmal so furchtlos, weil sie kein zweites Mal sterben konnten. Keogh war nicht nur Telepath – zu seinen besonderen Fähigkeiten gehörte auch die Teleportation! Und diese Fähigkeit gebrauchte er, um direkt in Dragosanis Kontrollraum einzudringen. Er nahm ein paar der Tartaren mit. Und dort kämpften Dragosani und er, während im übrigen Schloß ...«

»... im übrigen Schloß«, übernahm ein totenblasser Krakovic den Faden der Geschichte, »war die Hölle los! Ich war dabei. Ich habe es überlebt. Ein paar andere auch noch. Der Rest starb – auf furchtbare Weise. Keogh war ... wie ein Ungeheuer. Er konnte die Toten wiedererwecken!«

»Kein so großes Ungeheuer wie Dragosani«, entfuhr es Kyle. »Aber Sie wollten mir doch sagen, was nach Keoghs Tod geschah. Wie Sie das vollendeten, was Keogh begonnen hatte. Was haben Sie damit gemeint?«

»Dragosani war ein Vampir.« Krakovic nickte versonnen. »Ja, Sie haben natürlich recht.« Nun hatte er sich wieder unter Kontrolle. »Sehen Sie, Sergei hier sein bei mir, als wir wegschaffen, was war übrig von Dragosani. Ich zeige Ihnen was geschieht, wenn ich ihn daran erinnern – und wenn ich ihm sagen, es noch mehr von ihnen gibt.« Er wandte sich seinem schweigenden Begleiter zu und redete auf Russisch auf ihn ein.

Sie saßen an einer schmuddeligen Bartheke unter der flackernden Neonbeleuchtung in der hintersten Ecke der Ankunftshalle im Flughafen. Der Barmann hatte vor zwei Stunden bereits

Schluß gemacht, und seither saßen sie vor ihren leeren Gläsern. Gulharovs Reaktion auf das, was ihm Krakovic berichtete, kam augenblicklich und vehement. Er wurde blaß und schreckte vor seinem Vorgesetzten zurück, fiel beinahe vom Hocker.

Als Krakovic fertig war, knallte er sein leeres Bierglas auf die Theke.

»Njet, *njet!*« keuchte er entsetzt, und auf seiner Miene spiegelten sich Zorn und Abscheu. Und dann begann er mit immer lauter werdender schriller Stimme auf Russisch zu sprechen, so daß sie befürchten mußten, Aufmerksamkeit zu erregen.

Krakovic packte ihn am Arm und schüttelte ihn, woraufhin Gulharovs Kreischen erstarb. »Jetzt ich fragen ihn, ob wir akzeptieren ihre Hilfe«, informierte Krakovic die anderen. Wieder sprach er mit dem jüngeren Mann, und diesmal nickte Gulharov zweimal kurz, und seine Gesichtsfarbe normalisierte sich langsam.

»Da, da!« stieß er energisch aus. Er krächzte noch etwas Unverständliches, als seine Stimme vor Erregung versagte.

Krakovic lächelte humorlos. »Er meint, wir sollen jede Hilfen annehmen, die wir bekommen können«, übersetzte er. »Weil wir diese Kreaturen töten müssen – sie auslöschen! Und ich ihm zustimme ...«

Und dann berichtete er diesen politisch unwahrscheinlichsten aller Verbündeten, was nach Harry Keoghs Krieg im Schloß Bronnitsy geschehen war.

Als er fertig war, herrschte lange Zeit Schweigen, das schließlich von Quint gebrochen wurde: »Wir sind uns also einig? Daß wir in dieser Angelegenheit gemeinsam vorgehen werden?«

Krakovic nickte. Dann zuckte er die Achseln und sagte ganz einfach: »Keine Alternativen. Und keine Zeit zu verschwenden.«

Quint wandte sich Kyle zu. »Aber wie sollen wir das anstellen?«

Kyle gab ihm ernst zurück: »So geradlinig wie möglich. Wir machen das ganz offiziell, ohne die üblichen ...« Die Flughafenansage unterbrach ihn, als eine blecherne, müde Stimme über die Lautsprecher verkündete, ein Mr. Kyle solle bitte einen Anruf am Informationsschalter entgegennehmen.

Krakovics Miene erstarrte. Wer konnte wissen, daß Kyle sich hier befand?

Kyle stand auf und zuckte entschuldigend die Achseln. Das war ziemlich peinlich für ihn. Es konnte sich nur um »Brown« handeln, und wie sollte er dessen Existenz Krakovic erklären? Quint andererseits war so anpassungsfähig wie immer, und so sagte er gelassen zu Krakovic: »Na ja, Sie haben ihren kleinen Bluthund auf den Fersen, und wie es scheint, erleiden wir jetzt das gleiche Schicksal.«

Krakovic nickte kurz angebunden. Und mit Sarkasmus in der Stimme bemerkte er: »Ohne die üblichen ... ja? Haben Sie davon gewußt?«

»Wir haben nichts damit zu tun«, sagte Quint, wobei er die Wahrheit etwas strapazierte, »wir sitzen im gleichen Boot wie Sie.«

Auf Krakovics Befehl begleitete Gulharov Kyle zum Informationsschalter. Quint benutzte die Gelegenheit und kommentierte zu Krakovic gewandt: »Vielleicht ist das alles ja ein Vorteil für uns.«

»Was?« Krakovic machte wieder einen mürrischen Eindruck. »Jemand folgt uns, wir überwacht werden, vielleicht abgehört, und Sie sagen, ist ein Vorteil?«

»Ich meinte die Tatsache, daß sowohl Kyle als auch Sie Schatten hinterherschleppen«, erklärte Quint. »Das gleicht die Verhältnisse aus. Und vielleicht können wir sogar den einen gegen den anderen ausspielen.«

Krakovic reagierte erschrocken: »Ich nichts zu tun haben mit Gewalt! Wenn dem KGB-Hund etwas zustößt, ich bekomme die Schwierigkeiten.«

»Aber falls wir es so arrangieren könnten, daß er ein oder zwei

Tage lang aufgehalten wird? Ich meine – es stößt ihm nichts zu, verstehen Sie? Es passiert ihm nichts, er wird nur ... aufgehalten?«

»Ich weiß nicht ...«

»Um Ihnen Zeit zu geben, unsere Reise nach Rumänien vorzubereiten. Sie wissen doch – Visa usw. Wenn wir Glück haben, brauchen wir dort nur ein oder zwei Tage.«

Krakovic nickte nachdenklich. »Vielleicht – aber brauchen positive Garantie, keine schmutzige Arbeit. Er ist KGB, wie Sie sagen, aber wenn wahr, ist er Russe. Und ich bin Russe. Falls er verschwinden ...«

Quint schüttelte den Kopf und ergriff den mageren Ellbogen des anderen. »Sie verschwinden *beide!*« sagte er eindringlich. »Aber nur für ein paar Tage. Dann sind wir hier weg und erledigen unsere Aufgabe.«

Wieder nickte Krakovic bedächtig. »Vielleicht, wenn es arrangieren ohne Risiko.«

Kyle und Gulharov kehrten zurück.

Kyle war vorsichtig. »Es war jemand namens Brown«, berichtete er. »Er hat uns offensichtlich überwacht.« Er sah Krakovic an. »Er sagt, Ihr KGB-Wachhund sei uns auf den Fersen – er ist auf dem Weg hierher. Übrigens, dieser Bursche vom KGB ist wohlbekannt. Er heißt Theo Dolgikh.«

Krakovic schüttelte den Kopf, zuckte die Achseln und blickte verständnislos drein. »Ich niemals von ihm hören.«

»Haben Sie Browns Nummer bekommen?« fragte Quint eifrig. »Können wir wieder Kontakt mit ihm aufnehmen?«

Kyle zog die Augenbrauen hoch. »Ja, können wir«, bestätigte er. »Er meinte, wenn es eng wird, könnte er uns möglicherweise helfen. Warum wollen Sie das wissen?«

Quint grinste schuldbewußt und sagte zu Krakovic: »Kamerad, es könnte sich als gut erweisen, wenn Sie nun sehr sorgfältig zuhören. Da Sie besorgt sind, können Sie ja bereits über ein Alibi nachdenken. Von jetzt an arbeiten Sie Hand in Hand mit dem

Feind. Ihr einziger Trost ist, daß Sie gegen einen noch größeren Feind kämpfen werden.« Sein Grinsen verflog, und er fügte äußerst ernst hinzu: »Okay, hier sind meine Vorschläge ...«

Am Samstag Morgen gegen 8.30 Uhr rief Kyle Krakovic in dessen Hotel an. Gulharov meldete sich, knurrte und holte Krakovic, der mürrisch ans Telefon kam. Er sei gerade aufgestanden, also könnte Kyle vielleicht später anrufen?

Während Kyle oben in seinem Zimmer mit den Russen sprach, telefonierte Quint in der Hotelhalle mit Brown.

Um 9.15 Uhr rief Kyle erneut bei Krakovic an und verabredete sich mit ihm. Sie würden sich eine Stunde später vor Frankies Franchise treffen und beraten, wie sie weiter vorgehen wollten.

Das war alles nicht neu, denn es gehörte zu dem Plan, den sie am Abend zuvor ausgearbeitet hatten.

Kyle vermutete, das Telefon in seinem Hotelzimmer werde mittlerweile abgehört, und er wollte Theo Dolgikh ausreichend Zeit geben, um seine Maßnahmen zu treffen. Und sollte Kyles Telefon tatsächlich nicht abgehört werden, dann aber bestimmt das von Krakovic, was im Endeffekt auf dasselbe hinauslief.

Auf jeden Fall meldeten Kyles und Quints psychische Fähigkeiten, daß sich irgendetwas zusammenbraute.

Und siehe da, als sie kurz vor 10.00 Uhr das Hotel Genovese verließen und in Richtung Hafen schlenderten, wurden sie prompt verfolgt.

Dolgikh hielt sich wohl sehr zurück, aber es konnte sich nur um ihn handeln.

Kyle und Quint bewunderten sein Standvermögen, denn trotz der für ihn ziemlich unruhigen Nacht war er immer noch der Meisterspion: Nun trug er den dunkelblauen Overall und die Werkzeugtasche eines Werfthandwerkers, und auf seinem runden Gesicht zeigte sich der Anflug eines Stoppelbarts.

»Dieser Bursche muß ja wohl einen verdammt großen Kleiderschrank haben«, sagte Kyle, als er und Quint sich den engen Gassen des Hafenviertels näherten. »Ich würde sein Gepäck nicht unbedingt schleppen wollen.«

Quint schüttelte den Kopf. »Nein«, sagte er. »So geht das nicht. Ich glaube, sie haben irgendwo hier ein Hauptquartier, und bestimmt liegt auch eines ihrer Schiffe im Hafen. Was auch immer – wenn er neue Kleidung braucht, bekommt er sie sicherlich von ihnen.«

Kyle schielte ihn aus dem Augenwinkel an. »Wissen Sie«, sagte er, »ich glaube, Sie wären im MI5 besser aufgehoben. Sie neigen eher zu denen.«

»Das könnte ein interessantes Hobby sein.« Quint grinste breit. »Gewöhnliche Spionage, meine ich. Aber ich fühle mich wohl, so wie es ist. Meine Fähigkeiten passen eher zu INTESP. Wenn unser lieber Dolgikh ein Telepath wäre, hätten wir allerdings einige große Probleme.«

Kyle warf seinem Begleiter einen forschenden Blick zu, entspannte sich jedoch schnell. »Er kann kein Telepath sein, denn dann hätten wir ihn auch ohne Browns Hilfe sofort aufgespürt. Nein, er ist einfach einer ihrer typischen Observierungsprofis, und offensichtlich ist er ziemlich gut. Wahrscheinlich ist dies aber doch sein bisher größter Auftrag.«

»Der mit ein wenig Glück für uns sehr bald und recht unrühmlich enden wird«, fügte Quint hinzu. »Aber wenn ich an Ihrer Stelle wäre, würde ich ihn nicht bloß für einen kleinen Agenten halten. Er war jedenfalls bedeutend genug, daß ihn Brown bei seiner »Firma« im Computer gelistet hatte!«

Carl Quint hatte recht: Theo Dolgikh war alles andere als ein kleines Licht!

Es bewies Yuri Andropovs Respekt für das sowjetische E-Dezernat, daß er keinen geringeren als Dolgikh auf Krakovic ansetzte. Denn Leonid Breschnew würde Andropov das Leben schwermachen, sollte Krakovic berichten, daß sich der KGB wieder einmal einmischte.

Dolgikh war Anfang dreißig, ein Sibirier aus einer langen Linie von Taiga-Holzfällern. Er war der absolut linientreue Kommunist, für den außer Partei und Staat wenig existierte. Er war in Berlin, Bulgarien, Palästina und Libyen ausgebildet worden und hatte später selbst als Ausbilder gearbeitet. Er galt als Waffenexperte – besonders was westliche Waffen betraf – und war zuständig für Gebiete wie Terrorismus, Sabotage, Verhör und Überwachung. Außer Russisch sprach er gebrochenes Italienisch, sowie recht gut Deutsch und Englisch. Doch seine wirkliche Stärke, eigentlich seine Spezialität, war der politische Mord. Denn Theo Dolgikh war ein kaltblütiger Attentäter.

Dolgikh wirkte ein wenig »komprimiert«, was auf die Entfernung wie ein kleiner, untersetzter Körperbau aussah.

Er war jedoch 1.78m groß und wog gut 100 kg. Ein kantiger Körperbau, dazu das runde Mondgesicht unter dem wirren, pechschwarzen Haar – Dolgikh war ein echtes Schwergewicht, und zwar in jeder Hinsicht.

Sein japanischer Karate-Ausbilder in der Moskauer KGB-Schule hatte immer behauptet: »Kamerad, Sie sind zu schwer für diesen Sport. Bei Ihrer Masse sind Sie nicht schnell und beweglich genug. Sumo-Ringen käme Ihnen entgegen. Andererseits weist Ihr Körper kaum Fett auf, und Muskeln sind ja doch sehr nützlich. Da es Zeitverschwendung wäre, Sie weiterhin in der hohen Kunst der waffenlosen Selbstverteidigung zu unterweisen, werde ich mich darauf konzentrieren, Ihnen vor allem das Töten in jedweder Form beizubringen. Dafür sind Sie sowohl physisch wie auch mental am besten geeignet.«

Jetzt, als er ein wenig zu dem zu observierenden Objekt aufschloß, als sie das Labyrinth gewundener Gäßchen in der Nähe des Hafens erreichten, fühlte Dolgikh, wie sich sein Puls beschleunigte, und er wünschte sich, statt bloßer Observierung einen Mordauftrag erhalten zu haben. Nachdem sie ihn in der vergangenen Nacht derart an der Nase herumgeführt hatten, hätte er dieses englische Pärchen nur zu gern umgebracht. Und es wäre so leicht! Sie schienen von diesem verrufensten Stadtteil so fasziniert zu sein, daß sie sonst nichts wahrnahmen.

Dreißig Meter vor ihm bogen Kyle und Quint plötzlich um eine Ecke und betraten eine gepflasterte Gasse, an deren Seiten die Gebäude so hoch aufragten, daß fast kein Licht hereinfiel. Dolgikh schritt ein bißchen schneller voran, erreichte die Abzweigung und trat aus dem grauen Nieselregen in eine feuchtwarme Düsternis. Die Abfälle von vier oder fünf Tagen hatten sich auf dem Pflaster angesammelt. Viele der umstehenden Gebäude wiesen vorgebaute Dachstühle auf und neigten sich gegenseitig über die Gasse hinweg die Köpfe zu. Hier schliefen die Bewohner offensichtlich noch, nachdem die letzte Nacht wohl lang gewesen war. Hätte Dolgikh den Auftrag gehabt, die beiden zu töten, wäre das der ideale Ort gewesen.

Schritte verklangen vor ihm. Der russische Agent verengte die kleinen, runden Augen, um durch das hier herrschende Dämmerlicht die beiden schattenhaften Gestalten beobachten zu können, die nun hinter der nächsten Ecke verschwanden. Er wartete einen Moment lang, und dann machte er sich erneut an die Verfolgung. Aber da er mit einem Mal eine lautlose Bewegung in seiner Nähe wahrnahm, blieb er abrupt stehen.

Aus dem Schatten eines Hauseingangs heraus ertönte eine rauhe Stimme: »Hallo Theo! Sie kennen mich nicht, aber ich kenne Sie!«

Dolgikhs japanischer Karatelehrer hatte recht gehabt: Er war tatsächlich nicht schnell genug. Bei Gelegenheiten wie dieser war ihm seine Körpermasse im Weg. Er biß die Zähne aufeinander, weil er den dumpfen Aufschlag eines Totschlägers auf seinem Hinterkopf erwartete, und den Schmerz natürlich, oder vielleicht das bläuliche Schimmern eines Schalldämpfers vor dem Lauf einer Pistole, während er zu der Stimme aus dem Dunkel herumwirbelte und seine schwere Werkzeugtasche in ihre Richtung schleuderte. Eine hochgewachsene schattenhafte Gestalt wurde von der Tasche auf die Brust getroffen und wischte sie einfach beiseite. Die Tasche schlug klappernd auf die Pflastersteine. Dolgikhs Augen hatten sich mittlerweile an die Düsternis der Gasse gewöhnt. Es war immer noch dunkel, aber er war sicher, keine Waffe bei der Gestalt gesehen zu haben. Das gefiel ihm nun wieder.

Mit gesenktem Kopf rammte er seinen massigen Körper wie einen menschlichen Torpedo in den Schatten des Hauseingangs hinein.

»Mr. Brown« traf ihn zweimal, zwei Schläge eines Experten, der nicht töten, sondern nur betäuben wollte. Und um doppelt sicher zu gehen, knallte er den Kopf des Russen, bevor der schwere Mann zu Boden krachte, noch gegen die Türbretter, von denen eines unter dem Aufprall splitterte.

Einen Augenblick später trat er aus dem Schatten in die Gasse hinaus, blickte sich nach beiden Seiten um und stellte zu seiner Zufriedenheit fest, daß niemand die kurze Szene bemerkt hatte. Nur das Tropfen des Regens von den überhängenden Dachrinnen und der Gestank der Abfälle. Und nun lag hier noch ein Haufen Abfall mehr. Brown grinste breit und stieß die zusammengebrochene Gestalt Dolgikhs mit dem Fuß an.

Es war stets das Gleiche mit großen kräftigen Männern: Sie tendierten dazu, sich für die Größten und Härtesten zu halten. Doch das stimmte eben nicht immer. Brown wog fast genauso viel wie Dolgikh, aber er war einen Kopf größer und fünf Jahre jünger.

Seine Ausbildung war knallhart gewesen, und hätte er nicht eine besondere Macke entwickelt, die zu seiner Entlassung geführt hatte, wäre er nach wie vor beim militärischen Geheimdienst beschäftigt.

Er grinste wieder, zog dann die Schultern ein und verkroch sich in seinen Regenmantel. Mit tief in den Taschen vergrabenen Händen hastete er durch den Regen zu seinem Auto.

ZWEITES KAPITEL

Am gleichen Samstag zur Mittagszeit kam Yulian Bodescu zu dem Entschluß, daß er endgültig von seinem »Onkel« George Lake die Nase voll habe. Genauer gesagt, war die Zeit gekommen, Lake bei der Suche nach gewissen Erkenntnissen zu benutzen. Yulians unmittelbares Ziel war recht einfach: Er wollte wissen, wie ein Vampir getötet werden konnte, wie man einen Untoten endgültig beseitigte, so daß er niemals mehr wiederkehrte, und auf diese Weise wollte er erfahren, wie er sich vor einem solchen Ableben schützen könne.

Sie konnten sicherlich durch Feuer sterben, das wußte er bereits. Aber wie stand es mit den anderen Methoden? Jenen, die in Romanen so ausführlich beschrieben wurden? George war die ideale Testperson. Viel besser geeignet als der Andere, der eher wie ein bloßer Tumor wirkte und keine Spur von Intelligenz besaß.

Wenn ein Vampir von den Toten wiederkehrt, das wurde Yulian mit einem Mal klar, *ist er stärker als je zuvor!*

Er hatte Georgina, Anne und Helen jeweils etwas von sich selbst gegeben – ihnen etwas ins Blut geträufelt –, doch er hatte sie nicht getötet. Jetzt gehörten sie ihm. George hatte er getötet, oder zumindest hatte er für dessen Tod gesorgt, und George gehörte ihm nicht. Er gehorchte ihm, sicher, hatte ihm bis jetzt gehorcht. Aber wie lange noch? Nun, da George über den ersten Schock hinweggekommen war, wurde er immer stärker. Und hungriger!

Zweimal in dieser Nacht, in der er sich ohnehin ständig herumwälzte, erwachte Yulian mit einem Gefühl der Bedrohung – und beide Male hörte er Lakes schlurfende, unruhige Schritte im

Keller. Der Mann tigerte unten in der Dunkelheit umher, während sein gesamter Körper schmerzte und seine Gedanken rasten. Und ein monströser Durst hatte ihn gepackt.

Er hatte von der Frau getrunken, aus den Adern seiner eigenen Ehefrau, doch dieses Blut hatte ihm nicht sehr gut geschmeckt. Oh ja, Blut ist Blut und würde ihn am Leben halten, wenn man das Leben nennen wollte, doch es war nicht die Art von Blut, nach der er sich sehnte. Dieses Blut floß nur durch Yulians Körper. Und das war Yulian klar. Und dies war der zweite Grund, aus dem er sich entschlossen hatte, George endgültig zu töten. Er würde ihn töten, bevor er von ihm getötet wurde, denn das würde George früher oder später versuchen, und bevor George Anne den letzten Tropfen aussaugte, denn sonst bestand die Gefahr, daß er bald zwei von der Sorte am Hals hatte. Es war wie eine Epidemie, und Yulian genoß sogar den Gedanken daran, daß er die Ansteckungsquelle, den Träger, darstellte.

Und außerdem gab es noch einen dritten Grund, aus dem Lake endgültig sterben mußte. Irgendwo dort draußen – im Sonnenschein, in den Wäldern und Feldern, in den Dörfern – befanden sich Menschen, die sogar in diesem Augenblick das Haus observierten. Yulians vampirische Sinne waren bei Tag schwächer ausgeprägt, doch die Gegenwart der schweigenden, verborgenen Beobachter spürte er auch dann. Sie waren da und er fürchtete sie. Ein wenig jedenfalls.

Der Mann von letzter Nacht beispielsweise. Yulian hatte Wlad geschickt, um ihn herzuholen, doch Wlad hatte versagt. Wer war er gewesen? Warum beobachtete er ihn? Vielleicht war die Rückkehr Georges doch nicht ganz unbemerkt geblieben. War es möglich, daß jemand beobachtet hatte, wie er aus seinem Grab stieg? Nein, das bezweifelte Yulian. Diese naiven Polizisten hätten so etwas erwähnt. Oder – waren die Polizisten mißtrauisch geworden, seiner Reaktion wegen, als sie ihm die Nachricht von der Grabschändung brachten?

Und dann dieser Blutdurst bei George! Was, wenn er eines Nachts ausbrechen sollte? Er war jetzt ein Vampir und wurde täglich stärker. Wie lange noch konnte Wlad ihn zurückhalten? Nein, es war besser, wenn George starb. Wenn er spurlos verschwand, ohne ein Indiz für das Böse zu hinterlassen, das hier am Werk war. Diesmal würde er den Vampirtod sterben, aus dem es keine Rückkehr mehr gab.

Im hinteren Teil des Hauses zog sich ein mächtiger Kamin vom Keller bis zum Dach hoch. Unten wurde er durch Strebepfeiler gestützt, und oben schob er den Schornstein direkt hinter dem Giebel aus dem Dach. Beheizt wurde er von einem gewaltigen gußeisernen Ofen im Keller, einem Relikt früherer Zeiten. Obwohl das Haus mittlerweile eine Zentral-Ölheizung aufwies, lag unten neben dem Ofen noch ein großer Kohlehaufen, verstaubt und von Spinnen und Mäusen als Unterschlupf benutzt. Als es im Winter bitter kalt wurde, hatte Yulian bereits zweimal den Ofen befeuert und zugesehen, wie der Rauchfang dort, wo das dicke Ofenrohr in den Kamin einmündete, rot aufglühte. Im Haus war es auf jeden Fall wunderbar warm geworden. Nun würde er wieder hinuntergehen und schwitzen und das Feuer schüren, allerdings zu einem anderen Zweck. Das bißchen Schweiß war es ihm wert.

In einem der Hinterzimmer gab es eine Falltür, die Yulian jedoch nach Georges Rückkehr zugenagelt hatte. So blieb nur jener andere Eingang, vor dem wie gewöhnlich Wlad wachte. Yulian nahm aus der Küche ein rohes Steak mit, das noch von Blut triefte, und brachte es dem Hund, der sich knurrend darauf stürzte und es zerriß, während er die schmalen Stufen neben der Rampe hinunterschritt und die Tür öffnete.

Dann, als er in die Dunkelheit trat, hatte er vielleicht eine halbe Sekunde Vorwarnzeit, um rechtzeitig auf das zu reagieren, was dort auf ihn wartete, doch es reichte gerade so eben.

George Lakes Verstand war ein brodelnder Vulkan aus purem

Haß. Viele Gefühle lagen darunter gefangen, bis zu jener letzten halben Sekunde noch mühsam beherrscht: Gier, Selbstverachtung, ein Hunger jenseits alles Menschlichen und so intensiv, daß er eine neue Gefühlsdimension darstellte, Ekel, brennende Eifersucht, doch vor allem blanker Haß. Auf Yulian. Und in dem Augenblick, bevor George zuschlug, berührte die Bitterkeit seines Verstandes Yulians Geist, brannte dort wie Säure, so daß dieser aufschrie, während er sich herumwarf, um diesem urgewaltigen Schlag zu entgehen.

Doch die Dunkelheit war schon lange bevor George sie für sich entdeckte Yulians Element gewesen, eine Tatsache, mit der dieser neue, halb verrückte Vampir nicht gerechnet hatte. Yulian sah ihn hinter der Tür kauern, sah die Hacke auf sich zuwirbeln. Er tauchte unter der rostigen, gefährlichen Schneide weg und kam innerhalb von Georges Reichweite wieder hoch. Finger wie aus Stahl schlossen sich um den Hals des wildwütigen Geschöpfes. Gleichzeitig entrang er George mit der freien Hand den Stiel der Hacke und warf sie zur Seite. Dann trieb er sein Knie wieder und wieder mit aller Wucht in Georges Unterleib.

Jeder gewöhnliche Mann wäre an diesem Punkt am Ende gewesen, doch George Lake war kein gewöhnlicher Mann, war überhaupt kein Mann im Sinne eines Menschen mehr. Als sich Yulians Finger um seinen Hals schlossen und immer fester zudrückten, wurde er langsam zu Boden gezwungen. Seine Augen starrten Yulian wie zwei Kohlen an, die von einem Blasebalg zum Aufglühen gebracht werden. Das graue, untote Fleisch des Vampirs spürte die Schmerzen nicht und George brachte die Kraft auf, sich zur Wehr zu setzen. Trotz Yulians Gewicht stemmte er sich mit beiden Beinen in eine aufrechte Haltung, und er schlug ihm mit aller Kraft auf die Unterarme, um den eisernen Griff zu lockern. Verblüfft registrierte der Jüngling, wie er zurückgeschleudert wurde und daß der andere nun seinerseits auf ihn zu sprang und ihm an die Kehle fuhr.

Und so empfand Yulian zum zweiten Mal in kurzer Zeit Angst, denn ihm wurde nun klar, daß sein »Onkel« fast genauso stark war wie er selbst. Er wich dem Angriff blitzschnell aus, gab George noch einen Schubs mit, daß dieser zu Boden stürzte, und riß die Hacke an sich, die auf dem Fußboden neben ihm gelegen hatte. Er schwang das Gerät drohend mit seinen kraftvollen Händen und schritt auf George zu, der sich gerade wieder hochrappelte.

Und in diesem Augenblick kam Anne, Yulians liebste »Tante« Anne, wie ein Gespenst aus den Schatten gerannt und warf sich kreischend zwischen Yulian und ihren untoten Ehemann.

»Oh, Yulian«, rief sie anklagend. »Yulian, nicht! Bitte bring ihn nicht um! Nicht ... noch einmal!« Nackt und verschmutzt kauerte sie zwischen ihnen, mit einem Blick wie ein Tier, das um Gnade winselt, die Haare verfilzt und gesträubt.

Yulian schubste sie beiseite, als George erneut angriff.

»George«, knurrte Yulian durch die zusammengebissenen Zähne. »Zweimal bist du damit auf mich losgegangen. Mal sehen, wie dir das selbst gefällt!«

Rost blätterte von der scharfen Schneide der Hacke ab, als er sie wuchtig auf Georges Stirn schmetterte. Gerade über dem Dreieck aus Augen und Nase stanzte die Hacke ihm ein sauberes Loch in den Schädel. Die Wucht des Schlags hob George beinahe von den Beinen, so daß er sich wie eine Marionette am Faden vor Yulian hoch aufrichtete.

Er gab einen undefinierbaren Laut von sich, während sich seine Augen mit Blut füllten und ein roter Strahl aus der Nase schoß. Seine Arme hoben sich im fünfundvierzig-Grad-Winkel, und seine Hände zitterten wie unter einem elektrischen Schlag. Er gurgelte erstickt, dann klappte sein Unterkiefer herunter und er fiel wie ein gefällter Baum rücklings um und krachte schwer auf den Boden. Die Hacke steckte noch immer fest in seinem Kopf.

Anne stürzte heran und warf sich heulend über Georges

zuckenden Körper. Sie stand natürlich noch unter Yulians Bann, doch George war ja immerhin ihr Mann gewesen. Was aus ihm geworden war, hatte Yulian angerichtet – er selbst trug keine Schuld daran.

»George, oh, George!« jammerte sie. »Ach, mein armer, lieber George!«

»Geh runter von ihm!« fauchte Yulian sie an. »Hilf mir!«

Sie schleiften George an den Fußgelenken bis in den Raum mit dem Ofen. Die Hacke klapperte auf dem unebenen Fußboden. Vor dem unbeheizten Ofen angekommen, stellte Yulian einen Fuß auf die Kehle des Vampirs und riß die Hacke aus seinem Kopf. Blut und graugelber Schleim quollen aus der Wunde, füllten das Loch in der Stirn und troffen herunter, doch seine Augen blieben geöffnet, seine Hände zitterten wie zuvor, und eine Ferse trommelte in immer wiederkehrenden, krampfartigen Bewegungen auf den Boden.

»Ach, er wird sterben, er wird sterben!« Anne kauerte händeringend und schluchzend neben George und legte seinen zerstörten Kopf in ihren Schoß.

»Nein, wird er nicht.« Yulian legte Holz und Kohle ein. »Das ist es ja gerade, du dummes Geschöpf! Er kann nicht sterben – jedenfalls nicht auf diese Weise. Was in ihm steckt, heilt ihn immer wieder. Es heilt jetzt bereits sein zermalmtes Gehirn. Er könnte wieder vollständig hergestellt werden, vielleicht sogar besser als zuvor – aber das will ich nicht zulassen!«

Die Kohlen waren fertig eingelegt. Yulian riß ein Zündhölzchen an, hielt es an das Papier, das er zuletzt hineingesteckt hatte, öffnete quietschend die eiserne Lüftungsklappe, damit genug Sauerstoff hineindrang, und schloß die Ofentür.

Als er sich vom Ofen abwandte, hörte er, wie Anne überrascht keuchte: »George?«

Das Klopfen der Ferse auf den Fußboden war schon einige Zeit verstummt, wie Yulian jetzt bewußt wurde ...

Er fuhr erschrocken herum – und das *Ding*, das durch ihn entstanden war, prallte auf ihn und schob ihn rückwärts gegen die Ofentür! Zu seinem Glück war sie noch nicht heiß, aber der Aufprall trieb Yulian mit einem Schlag die Luft aus der Lunge. Schmerzerfüllt und gierig sog er neue Luft ein und hielt sich George mühsam vom Leibe. Zwischen Blut und Schleimschmierern glühten ihn aus diesem zerstörten Gesicht rote Augen an, die Zähne schlugen wie zwei Reihen spitzer, kleiner Dolche aufeinander, und die Hände drückten wie blinde Fühler gegen Yulians Körper. Das zerfetzte Gehirn funktionierte in ausreichendem Maße, während der Vampir in ihm die Wunde zu heilen versuchte. Und sein Haß war genauso groß wie vorher.

Yulian nahm alle Kraft zusammen und schleuderte George von sich. Die Gliedmaßen des Vampirs funktionierten nur eingeschränkt und unkoordiniert, und so brach er auf dem Kohlehaufen zusammen. Bevor er sich aufrappeln konnte, blickte sich Yulian kurz um und trat auf die Hacke zu, um sie erneut an sich zu nehmen.

»Yulian! Yulian!« Anne wollte wieder eingreifen.

»Verschwinde!« Er schubste sie weg.

Yulian beachtete George nicht, der hinter ihm her kroch und die Hände wie Krallen nach ihm ausstreckte, und sprang zu dem Mauerbogen des Eingangs hinüber, wo die Wände besonders massiv wirkten. Aus der Bewegung heraus schmetterte er den Stiel der Hacke gegen die Mauer. Der Hartholzstiel splitterte, und die rostige Schneide flog klappernd in die Dunkelheit. Yulians Hände waren taub, doch in ihnen hielt er nun einen fast perfekten Pflock: mindestens vierzig Zentimeter lang und mit einem unregelmäßig zerplitterten und dennoch tödlich spitzen Ende.

Nun gut, er hatte ja ohnehin herausfinden wollen, wie weit die Lebenskraft eines Vampirs reichte, oder?

George hatte es irgendwie fertiggebracht, auf die Beine zu kommen. Mit in der fast vollständigen Dunkelheit glimmenden

Augen kam er wie ein durchgeknallter Roboter hinter Yulian her. Yulian blickte zu Boden. Der war hier mit dicken Steinfliesen belegt, die an manchen Stellen ein Stück herausstanden, als seien sie von unten her hochgedrückt worden. Das war natürlich der Andere gewesen – bei seiner hirnlosen Buddelei. George kam näher, stolperte wie von Krämpfen geschüttelt einher, während sein Mund unverständliche Laute von sich gab, die wohl Worte darstellen mochten.

Yulian wartete ab, bis der verwundete Vampir einen weiteren schlurfenden Schritt auf ihn zu tat. Dann trat er vor und rammte den Pflock mit aller Gewalt in die linke Hälfte von Georges Brustkorb.

Die Hartholzspitze drang durch das leinene Leichenhemd direkt zwischen die Rippen, wobei auch noch kleinere Splitter in das graue Fleisch getrieben wurden. Sie fuhr George mitten ins Herz hinein und zerriß es beinahe. George schnappte nach Luft wie ein aufgespießter Fisch. Mit nutzlosen Händen griff er schlapp nach dem Pflock. Er hatte keinerlei Chance, ihn herauszuziehen. Yulian sah zu, wie er wankte, aber noch nicht fiel. Er empfand Ungläubigkeit, Verblüffung, fast sogar Bewunderung, und er fragte sich: *Wird es jemand anderem genauso schwerfallen, mich zu töten?* Wahrscheinlich schon. George hatte sich ja schließlich auch nach Kräften bemüht.

Dann trat er George die wackeligen Beine unter dem Leib weg und machte sich auf die Suche nach dem Metallkopf der Hacke. Einen Augenblick später kehrte er zu jenem Fleck zurück, an dem George immer noch würgte und sich wand und gegen den Pflock in seinem Herzen ankämpfte. Yulian packte eines der zuckenden Beine und schleifte ihn herüber zu einem Teil des Fußbodens, wo zwischen herausgebrochenen Fliesen die blanke Erde zu sehen war. Er kniete neben dem anderen nieder und benützte den Kopf der Hacke als Hammer, mit dem er den Pflock noch tiefer hinein und durch Georges Brustkorb hindurch in die Erde trieb. Schließlich steckte er ganz fest und ließ sich nicht mehr bewegen. George war festgenagelt wie ein exotischer Schmetterling auf dem Schaubrett einer Vitrine. Nur ein paar Zentimeter weit ragte der Pflock noch aus seiner Brust heraus, aber es war wenig Blut zu sehen. Die Augen hielt er nach wie vor offen, auf seinen Lippen stand weißer Schaum, aber ansonsten rührte er sich nicht mehr.

Yulian stand auf, wischte sich die Hände an der Hose ab und suchte nach Anne.

Er spürte sie in einer dunklen Ecke auf, wo sie zitternd kauerte und leise Klagelaute von sich gab. Sie wirkte wie eine weggeworfene Puppe.

Er zerrte sie hinüber in den Raum mit dem Ofen und deutete auf eine Schaufel. »Schaufle noch Kohle ins Feuer!« befahl er. »Ich will, daß es heißer als die Hölle brennt, und wenn du noch nicht weißt, wie heiß es in der Hölle ist, werde ich es dir zeigen! Ich will, daß dieses Gitter dort rot glüht. Und was auch immer, gehe nicht zu George hinüber! Laß ihn in Ruhe. Hast du verstanden?«

Sie nickte, wimmerte und schrak vor ihm zurück. »Ich bin gleich wieder da«, sagte er noch und ließ sie neben dem mittlerweile bullernden Ofen stehen.

Auf dem Weg nach draußen sagte Yulian zu Wlad: »Bleib hier! Paß auf!« Dann ging er ins Haus zurück.

Als Yulian oben am Schlafzimmer seiner Mutter vorbeischritt, hörte er, wie sie sich rastlos bewegte. Er blickte hinein. Georgina tigerte händeringend im Raum umher und schluchzte. Sie erblickte ihn. »Yulian?« Ihre Stimme bebte. »Oh, Yulian, was soll nur aus dir werden? Und was wird aus mir?«

»Was aus uns werden sollte, ist bereits aus uns geworden«, antwortete er mit kalter, gefühlloser Stimme. »Kann ich dir noch vertrauen, Georgina?«

»Ich ... ich weiß nicht einmal, ob ich mir selbst noch trauen kann«, erwiderte sie schließlich.

»Mutter« – er benutzte unwillkürlich diese Anrede – »willst du genau wie George werden?«

»Oh Gott! Yulian, bitte sag sowas ni...«

Er unterbrach sie: »Wenn du das nämlich willst, kann ich dafür sorgen. Denke ab jetzt daran.«

Er verließ sie und begab sich in sein eigenes Zimmer. Helen hörte ihn kommen. Sie keuchte auf, als sie die sich nähernden Schritte vernahm, und warf sich auf sein Bett. Als er ins Zimmer trat, hob sie den Saum ihres Kleids und zeigte ihm ihren Unterleib. Sie war nackt unter dem Kleid. Er sah sie an und durchschaute ihre Miene: Sie bemühte sich zu lächeln, doch darunter lag blanke Angst verborgen. Es war, als habe jemand Kreidepulver auf das Gesicht eines Clowns gestreut.

»Bedecke dich, Flittchen!« sagte er streng.

»Ich dachte, ich gefalle dir so!« rief sie verzweifelt. »Oh Yulian, bestrafe mich nicht! Bitte tu mir nicht weh!« Sie sah zu, wie er zu einer Kommode hinüber ging, einen Schlüssel aus der Tasche holte und das oberste Schubfach herauszog. Als er sich ihr zuwandte, grinste er wieder auf diese üble Art, und in den Händen wog er ein glänzendes, nagelneues Metzgermesser. Das Ding hatte eine beinahe zwanzig Zentimeter lange Klinge und war so schwer wie eine kleine Axt.

»Yulian!« keuchte Helen. Ihr Mund war so trocken, als sei er mit Sägemehl gefüllt. Sie glitt vom Bett und zog sich weiter vor ihm zurück. »Yulian, ich ...«

Er schüttelte den Kopf und lachte auf seine eigenartige Weise, leise, hell und ein wenig – glucksend. Dann wurde seine Miene jedoch wieder nichtssagend. »Nein«, sagte er zu ihr, »das ist nicht für dich bestimmt. Du bist in Sicherheit, solange du ... mir *nützlich* bist. Und das bist du. Ich müßte eine Menge zahlen, um eine zu finden, die so süß und unverbraucht ist wie du. Und selbst dann – wie alle Frauen wäre sie den Aufwand nicht wert.« Damit schritt er hinaus und schloß die Tür geräuschlos.

Als Yulian das Haus wieder verließ, sah er, wie hinten aus dem Schornstein eine blaue Rauchwolke aufstieg. Er lächelte und nickte in sich hinein. Anne arbeitete offensichtlich hart. Doch während er versonnen dem Rauch nachblickte, rissen die weißen Septemberwolken auf und ließen strahlenden Sonnenschein durch. Grellen, heißen, sengenden Sonnenschein!

Aus Yulians Lächeln wurde eine verzerrte, wütende Grimasse. Er hatte seinen Hut drinnen gelassen. Trotzdem sollte die Sonne nicht derart brennen! Es war ein Gefühl, als werde seine Haut verbrüht! Andererseits, als er seine bloßen Unterarme betrachtete, konnte er keinerlei Blasen oder Verbrennungen erkennen.

Seiner Vermutung nach konnte das nur eines bedeuten: Die Veränderungen in seinem Körper hatten sich beschleunigt, und seine endgültige Verwandlung begann. Er machte sich so klein wie möglich, knirschte mit den Zähnen, um nicht vor Schmerz aufschreien zu müssen, und eilte zum Keller zurück.

Unten schippte Anne immer noch Kohle. Ihre rußbefleckten Brüste und Pobacken glänzten vor Schweiß. Yulian musterte sie und staunte, welche Veränderung die frühere »Dame« erfahren hatte. Als er näher trat, ließ sie die Schaufel fallen und trat angsterfüllt einen Schritt zurück. Er legte das Metzgermesser beiseite, vorsichtig, damit die Schneide keine Scharte erhielt, und näherte sich ihr. Ihr Anblick – wild und nackt, erhitzt und schwitzend und voller kreatürlicher Angst – erregte seine Begierde.

Er nahm sie gleich auf dem Kohlehaufen her, füllte sie mit sich selbst, mit dem Vampirding in ihm, bis sie ihre unermeßliche Angst herausschrie – ihre unermeßliche Leidenschaft und Befriedigung? – während das fremde Protofleisch in ihrem Körper aufwallte ...

Als er schließlich mit ihr fertig war, ließ er sie erschöpft und geschunden auf der Kohle liegen und ging hinüber, um George zu inspizieren.

Dann wurde ihm bewußt, daß jenes Andere George ebenfalls

ausführlich musterte. Aus den Lücken zwischen den verschobenen Fliesen hatten sich Fetzen und Fühler protoplasmischen Fleisches herausgeschoben, die George Lake noch weiter an den Boden fesselten, während es untersuchte.

Es gab bei diesem Ding keine echte Neugier, keinen Haß, keine Furcht – abgesehen vielleicht von der instinktiven Angst vor allem noch so blassen Lichtschein. Dieses Ding empfand jedoch Hunger. Selbst eine Amöbe, die nur sehr wenig »weiß«, weiß immerhin genug, um Nahrung aufzunehmen. Und wäre Yulian nicht zu dieser Zeit zurückgekehrt, hätte der Andere George mit Gewißheit verschlungen, dessen Körper in sich aufgenommen, absorbiert. Denn es war ja nun nicht zu übersehen, daß George Nahrung darstellte.

Yulian betrachtete finster die schlappen, herumtastenden Tentakeln des Anderen, die bebenden Mäulchen und leeren Augen.

Nein!

Er schickte diesen scharfen, zwingenden Gedanken zu dem Anderen hinüber. Es war wie ein Schlag auf die Nervenenden der Kreatur.

Laß ihn! Weg von ihm!

Und was das Wesen auch alles nicht verstehen mochte – Yulians Anteile verstanden es.

Als würden sie von einem Flammenwerfer versengt, zuckten die Pseudopodien und anderen abartigen Erscheinungen zurück, wurden eingezogen, verschwanden mit leise schmatzenden Geräuschen nach unten. Es dauerte lediglich ein oder zwei Sekunden, aber es hatte sich ja auch nur um einen Teil des Anderen gehandelt. Yulian fragte sich, *wie groß* er mittlerweile sein mochte, wie weit er sich bereits durch die Erde unter dem Haus hindurch erstreckte.

Er holte das Metzgermesser und kniete neben George nieder. Dann stützte er sich mit einer Hand auf den Bauch des Vampirs, gleich unterhalb des Pflocks. Augenblicklich bewegte sich etwas krampfartig unter seiner Hand. Yulian spürte, wie es sich zusammenkrümmte, gleich einer Raupe, die man unversehens berührt hat. George sah wohl tot aus, sollte auch tot sein, doch er war es nicht! Er war untot. Das Ding, das in ihm lebte – einst ein Teil Yulians, aber nunmehr aufgewachsen und der Herrscher über Georges Geist und Körper – wartete jedoch nur ab. Der Pflock allein hatte nicht ausgereicht. Das stellte allerdings keine große Überraschung dar; Yulian hatte es schon beinahe erwartet.

Er nahm das Messer und wischte die glänzende Klinge an seinem aufgerollten Hemdsärmel ab. Und die gelben, blutunterlaufenen Augen in Georges grauem, verstümmelten Gesicht folgten seiner Bewegung! Nicht nur, daß der Vampirkörper sich in seinem Inneren befand – auch sein Geist beherrschte den Georges, hatte sich wie ein Blutegel an seinem Gehirn festgesaugt. Gut!

Yulian schlug mit dem Messer zu. Dreimal hackte er mit der scharfen Klinge in den Hals des Untoten, und sie durchtrennte problemlos Haut und Fleisch und Knochen. Noch ein Augenblick, und dann rollte der Kopf zur Seite.

Yulian packte den abgetrennten Kopf beim Haar und blickte in den offenen Stumpf hinein. Etwas grün-grau-Geflecktes zog sich in das Gewirr von blutigen Fasern zurück. Nichts von dem, was Yulian da erkennen konnte, sah so aus, wie es sollte. Der menschliche Teil dieses Dings war eine bloße Fleischhülle, wie eine Schale, die jene Kreatur im Inneren schützen sollte. Und als Yulian mit dem Knie den kopflosen Rumpf anschubste, glitt etwas schlangengleich in die offene, blutgefüllte Speiseröhre zurück.

So in zwei Teile zerschnitten mochte es sein, daß der Vampir schließlich sterben würde, doch es war noch nicht soweit. Das ließ nun nur noch eine sichere Methode zu, mit der man ihn endgültig beseitigen konnte: Feuer.

Yulian trat den Kopf wie einen Fußball in Richtung des Ofens. Er rollte an Anne vorüber, die erschöpft und noch immer in ihrer extremen Angst gefangen auf den Kohlen lag.

Sie hatte alles verfolgt, was Yulian getan hatte. Der Kopf rollte gegen den Ofen und prallte ein Stückchen zurück. Yulian schleifte den Rumpf hinterher und öffnete die Ofentür. Drinnen erglühte es in Orange und Gelb. Hitze strömte heraus und schlug unter dem Luftzug auch innen hoch.

Ohne zu zögern nahm Yulian den Kopf und warf ihn in die tobenden Flammen, soweit nach hinten, wie er nur konnte. Dann lehnte er den Rumpf an die geöffnete Ofentür und schob ihn langsam mit den Schultern voraus ins Feuer. Zuletzt drückte er die Beine hinein, die bereits wieder zu zucken begannen.

Yulian benötigte all seine Kraft, um die Gegenwehr der Beine zu überwinden, sie vollends hineinzuschieben und die Tür zuzuknallen.

Einen Augenblick später krachte die Tür schon wieder auf, von einem qualmenden Fuß aufgetreten. Wieder drückte Yulian das zuckende Glied hinein und schloß die Tür. Diesmal legte er aber den Riegel vor. Noch sekundenlang war über das Prasseln des Feuers hinaus das Pochen der Füße von innen zu vernehmen.

Nach kurzer Zeit erstarben dann diese Geräusche. Danach hörte man ein lang anhaltendes Zischen und schließlich nur noch das Prasseln und Knacken und Tosen des Feuers. Yulian stand noch eine Weile gedankenverloren da, bevor er sich endlich abwandte ...

Am gleichen Samstag gegen 23.00 Uhr saßen Alec Kyle, Carl Quint, Felix Krakovic und Sergei Gulharov in einem Linienflugzeug der Alitalia nach Bukarest, wo sie kurz nach Mitternacht eintreffen sollten.

Von den Vieren hatte Krakovic den Tag über am meisten zu tun gehabt, denn er mußte sämtliche Formalitäten erledigen, damit die beiden Engländer in einen sowjetischen Satellitenstaat einreisen durften. Er hatte es sich allerdings leicht gemacht, indem er einfach seinen Stellvertreter in Schloß Bronnitsy anrief – einen gewissen Iwan Gerenko, der ein ausgesprochen talentierter »Deflektor« war –, woraufhin dieser die Einzelheiten an seinen einflußreichen Verbindungsmann im Stab Breschnews weitergab. Er hatte auch darum gebeten, ihm offiziell die bestmögliche Unterstützung der »Kameraden« des rumänischen Marionettenstaats zu sichern. Diese Rumänen waren immer unsichere Kandidaten gewesen, doch ihre Kooperation mochte durchaus notwendig sein.

Also hatte Krakovic den ganzen Nachmittag mit Telefonaten zwischen Genua und Moskau verbracht, bis alles arrangiert war.

Nicht ein einziges Mal wurde dabei der Name Theo Dolgikh erwähnt. Normalerweise hätte er sich direkt an der obersten Spitze beschwert, wie Breschnew es angeordnet hatte, doch unter den gegebenen Umständen ließ er das bleiben. Er hatte Kyles Wort darauf, daß Dolgikh lediglich vorübergehend außer Gefecht gesetzt war, und nicht endgültig. Solange er nach außen hin nichts von dem KGB-Agenten wußte, war alles in Ordnung. Und falls Dolgikh wirklich gut aufgehoben war und sich nur für eine Weile in »sicherer Obhut« befand ... nun, später hatte er immer noch genug Zeit, um seine Anschuldigungen gegen Yuri Andropov vorzubringen. Allerdings wunderte sich Krakovic darüber, wie schnell der KGB von ihrer angeblich »geheimen« Mission in Italien erfahren hatte. Da mußte man sich schon fragen, ob alle Vertreter des E-Dezernats die ganze Zeit über vom KGB observiert wurden!

Was Alec Kyle betraf, hatte auch er ein Auslandsgespräch geführt, und zwar mit dem diensthabenden Offizier bei INTESP. Das war am Spätnachmittag gewesen, als ihm bereits als sicher erschien, daß sie mit den beiden Russen nach Rumänien fliegen würden. »Sind Sie das, Grieve? Wie läuft es bei Ihnen, John?«

»Alec?« kam die Rückfrage. »Ich habe erwartet, daß Sie anrufen.« John Grieve besaß zwei Talente: eines davon »verdeckt«, womit man im Fachjargon eine noch nicht voll entwickelte ESP-Fähigkeit bezeichnete, und das andere recht außergewöhnlich, vielleicht sogar einmalig. Das Erstere war die Gabe der Fernsicht: Er war eine menschliche Kristallkugel. Das einzige Problem dabei lag in der Tatsache, daß er genau wissen mußte, wonach er suchen sollte und wo. Seine Gabe war nicht spontan einzusetzen – er mußte ein definitives Ziel haben.

Seine zweite besondere Fähigkeit machte ihn doppelt wertvoll. Sie mochte sich durchaus als Teileigenschaft der ersten herausstellen, doch bei Gelegenheiten wie dieser war sie wie ein Geschenk des Himmels. Grieve war Telepath, doch er unterschied sich von anderen dieser Art. Wieder mußte er seine Fähigkeiten gezielt einsetzen: Er konnte nur dann die Gedanken einer anderen Person lesen, wenn er sich von Angesicht zu Angesicht mit dem anderen befand oder mit ihm sprach. Wenn er seinen Gesprächspartner kannte, funktionierte das sogar am Telefon! Man konnte John Grieve nicht belügen und brauchte auch gar nicht erst einen Sprachverzerrer benützen, der ihm gegenüber ohnehin nichts bewirkte. Deshalb hatte Kyle ihn als permanenten Verbindungsmann zu Hause im Hauptquartier hinterlassen.

»John«, sagte Kyle, »wie steht es zu Hause?« Und in Gedanken fragte er noch: *Was ist in Devon mittlerweile geschehen?*

»Also ...« Grieve klang unentschlossen.

»Können Sie es mir erzählen?« *Was ist los? Aber Vorsicht bei der Antwort!*

»Nun, sehen Sie, es ist dieser junge YB«, bekam Kyle zu hören. »Wie es scheint, ist er klüger als wir es ihm zutrauten. Er ist verdammt neugierig! Hört und sieht mehr, als gut für ihn ist.«

»Alle Achtung!« Kyle bemühte sich, nebensächlich zu klingen, während er in Gedanken besorgt nachfragte: *Hat er etwa irgendeine ESP-Fähigkeit? Telepathie?*

»Dem kann ich nur zustimmen«, sagte Grieve bedeutungsschwanger.

Heiliger Himmel! Ist er uns auf die Schliche gekommen? »Wir hatten aber schon öfters solch schwierige Fälle«, tat es Kyle ab. »Und unsere Verkäufer sind ja wohl voll informiert ...« *Wie sind sie bewaffnet?*

»Nun ja, sie haben die übliche Standardausrüstung«, bekundete Grieve. »Aber ich sage Ihnen, es ist schon ein wenig makaber! Er hat seinen Hund auf einen unserer Burschen gehetzt! Ist allerdings nichts passiert. Es war zufällig der alte DC, und Sie wissen ja, wie cool der Bursche ist. Dem passiert schon nichts.«

Darcy Clarke? Dem Himmel sei Dank! Kyle atmete auf. Laut sagte er: »Also, John, Sie lesen sich am besten mal die Akte über unseren schweigenden Partner durch. Wissen Sie noch – vor acht Monaten?« *Als Keogh zum ersten Mal erschien!* »Könnte sein, daß unsere Verkäufer Unterstützung brauchen! Und ich glaube nicht, daß die Standardausrüstung in diesem Fall ausreicht. Ich hätte früher daran denken sollen, aber ich rechnete natürlich nicht damit, daß der junge YB derart clever ist.« *Mit neun-Millimeter-Knarren kann man ihn oder auch die anderen im Haus vermutlich nicht aufhalten. Doch in dem Ordner mit Harry Keoghs Bericht ist etwas beschrieben, was uns helfen kann, denke ich. Bewaffnen Sie das Kommando mit Armbrüsten!*

»Ganz wie Sie meinen, Alec! Ich werde sofort dafür sorgen«, sagte Grieve, ohne seine Überraschung zu zeigen. »Und wie steht es bei Ihnen?«

»Ach, eigentlich nicht schlecht. Wir planen, in die Berge zu fahren – sogar heute Abend schon.« *Wir fliegen mit Krakovic nach Rumänien. Er ist in Ordnung, hoffe ich jedenfalls. Sobald ich etwas Definitives weiß, benachrichtige ich Sie. Vielleicht können Sie dann bei Bodescu zugreifen. Aber nicht, bevor wir nicht alles über unsere möglichen Gegenspieler wissen.*

»Ich beneide Sie!« sagte Grieve. »In die Berge, ja? Wunderschön zu dieser Jahreszeit. Ach, was soll's, ein paar von uns müssen halt arbeiten. Schreiben Sie mir eine Karte? Und passen Sie auf sich auf!«

»Sie auch!« Kyle sprach im Tonfall leichter Konversation, doch seine Gedanken waren sorgenvoll: *Sorgen Sie um Himmels willen dafür, daß unsere Jungs in Devon voll am Ball bleiben! Falls irgend etwas passiert, werde ich ...*

»Ja, klar, wir bemühen uns nach besten Kräften, nicht in Schwierigkeiten zu kommen«, unterbrach ihn Grieve. »Mehr können wir nicht versprechen.«

»Okay, ich melde mich wieder.« *Viel Glück!* Und dann hatte er aufgelegt. Anschließend stand er noch eine ganze Weile in seinem Zimmer, blickte versonnen das Telefon an und kaute auf seiner Unterlippe. Die Lage spitzte sich zu, das war ihm wohl bewußt. Und als Quint aus dem Nebenzimmer herüber kam, wo er ein Nickerchen gemacht hatte ... Ein Blick auf seine Miene genügte Kyle, um sich bestätigt zu fühlen. Quint sah mit einem Mal ziemlich mitgenommen aus.

Er tippte sich an die Schläfe. »Es geht los«, sagte er. »Da drinnen.«

Kyle nickte. »Ich weiß«, bestätigte er. »Ich habe das Gefühl, es geht an allen Ecken und Enden gleichzeitig los ...«

In seinem winzigen Zimmerchen in Harry Keoghs einstiger Wohnung in Hartlepool, dessen Fenster zum Friedhof hinaus zeigte, schlief Harry Junior sanft ein. Seine Mutter Brenda Keogh summte ihm leise ein Schlaflied.

Er war wohl erst fünf Wochen alt, aber bereits äußerst clever. Es geschah so viel in der großen, weiten Welt, und er wollte ein Teil davon sein. Das Aufwachsen nahm er jetzt schon mit Macht in Angriff! Sie konnte das in ihm spüren: Sein Verstand war wie ein Schwamm, saugte neue Gefühle auf, neue Eindrücke, war wissensdurstig, und so schaute er aus seinen Augen, deren Farbe vom Vater vererbt war, und bemühte sich, die ganze Welt zu erfassen.

Oh ja, das konnte einfach nur das Kind Harry Keoghs sein, und Brenda war so froh, daß sie es hatte.

Wenn nur auch Harry noch da wäre! Auf gewisse Weise war er das ja auch – in dem kleinen Harry. Und das in viel höherem Maße, als sie das je geahnt hatte!

Brenda wußte nicht, welche Arbeit der Vater ihres Kindes eigentlich beim britischen Geheimdienst (wie sie vermutete) ausgeübt hatte. Sie wußte nur, daß er dafür mit seinem Leben bezahlt hatte. Und er hatte für sein Opfer keinerlei Anerkennung erhalten, jedenfalls nicht offiziell. Doch jeden Monat kam ein Scheck in einem Umschlag ohne Absender an, und die knappe Begleitnotiz bezeichnete die Summe als »Witwenrente«. Brenda war immer wieder überrascht deshalb: Sie mußten Harry schon sehr hoch geschätzt haben! Die Beträge waren auch noch recht groß; doppelt soviel, wie sie in einem normalen Beruf verdient hätte. Und das war wunderbar, denn so konnte sie dem kleinen Harry ihre ganze Zeit widmen.

»Poor little Harry«, sang sie ihm ein uraltes Schlaflied, das sie einst von ihrer Mutter gelernt hatte, und die wahrscheinlich wiederum von ihrer, »got no Mammy, got no Daddy, born in a coal hole ...«

Na ja, ganz so schlimm war es nicht – eine Mutter hatte der Kleine jedenfalls – aber es war schon schlimm, so ohne Harry. Und doch empfand Brenda von Zeit zu Zeit Schuldgefühle. Es war weniger als neun Monate her, daß sie ihn zum letzten Mal lebendig gesehen hatte, und sie war bereits einigermaßen darüber hinweg. Das erschien ihr irgendwie so – gemein! Es war falsch, daß sie nicht mehr weinte, daß sie überhaupt nie viel geweint hatte, und noch falscher, daß er sich nun jener großen Mehrheit angeschlossen hatte, die ihn so liebte: den Toten, die schon lange vergangen und verfallen waren.

Moralisch war das ja in Ordnung, aber es paßte einfach in kein Konzept der Welt. Sie hatte nicht das *Gefühl*, daß Harry tot sei!

Hätte sie seine Leiche gesehen, wäre es möglicherweise anders. Und doch war sie froh, daß ihr dies erspart geblieben war. Das wäre für sie nicht mehr Harry selbst gewesen.

Genug der morbiden Gedanken! Sie berührte die winzige Knopfnase des Babys mit dem Knöchel ihres Zeigefingers. »Peng!« sagte sie, aber leise, ganz leise. Denn der kleine Harry war eingeschlafen.

Harry spürte, wie der Mahlstrom der kindlichen Gefühle nachließ, der ihn in den Geist seines Babys hinein zu saugen drohte, wie sich das kleine Gehirn entspannte und ihn losließ, und sofort driftete er hin zu einem transdimensionalen Tor und befand sich nach dem Durchgang in der vertrauten ultimativen Dunkelheit des Möbius-Kontinuums. Als reiner Geist trieb er auf dem Strom des Metaphysischen, jenseits der störenden Einflüsse von Masse und Gravitation, von Hitze und Kälte. Wie ein Schwimmer genoß er dieses Gleiten über den großen, schwarzen Ozean, der sich von Niemals bis Ewig erstreckte, von Nirgendwo bis Überall, wo er sich genauso schnell in die Vergangenheit wie auch in die Zukunft begeben konnte.

Von hier aus konnte sich Harry nach überall hin und in jede beliebige Zeit bewegen. Es mußte ganz einfach nur wissen, in welche Richtung er wollte, und dann das richtige »Tor« benutzen. Er öffnete ein Zeittor und sah, wie sich das blaue Licht aller auf Erden lebenden Milliarden in unvorstellbare, sich ständig ausdehnende Zukünfte verbreitete. Nein, diese nicht. Harry wählte ein anderes Tor. Diesmal zogen sich die Myriaden blauer Lebensfäden von ihm weg und vereinten sich wieder in großer Entfernung zu einem einzigen, blendend hellen, blauen Punkt. Das war das Tor in die Vergangenheit, das hinführte zum Anbeginn allen menschlichen Lebens auf der Erde. Und auch dorthin wollte er nicht. Er hatte eigentlich schon zuvor gewußt, daß keines dieser

Tore das richtige war, aber er übte seine Fähigkeiten auf diese Weise, trainierte seine Kräfte – das war alles.

Hätte er keine Aufgabe gehabt ... doch er hatte ja eine. Sie deckte sich weitgehend mit jener, die ihn sein körperliches Leben gekostet hatte und die noch immer nicht beendet war. Harry schob alle Gedanken und Überlegungen beiseite und konzentrierte sich in seiner unfehlbaren Intuition auf die richtige Richtung.

Er rief in Gedanken nach demjenigen, von dem er wußte, daß er da sein mußte.

»Thibor?« Sein Ruf durcheilte die schwarze Leere. »Antworte mir nur, und ich finde dich schon. Dann unterhalten wir uns.«

Ein Augenblick verging. Ob es eine Sekunde war oder eine Million Jahre – im Möbius-Kontinuum war das dasselbe. Und für die Toten spielte es ohnehin keine Rolle.

Dann: *Ahhhhh!* Kam die Antwort. *Bist du das, Haaarrrry?*

Die mentale Stimme des alten Vampirs unter der Erde war für ihn wie ein Leuchtfeuer: Er bewegte sich darauf zu, erreichte ein Möbius-Tor und trat hindurch.

... Es war Mitternacht über den Kreuzhügeln, und dreihundert Kilometer weit in alle Richtungen schlief der größte Teil der Rumänen. Es war nicht notwendig, daß sich Harry und die Bilddarstellung seines Kindes hier materialisierten, denn es sah sie sowieso niemand. Doch das Wissen darum, daß sie jemand sehen *könnte*, verlieh Harry ein Gefühl der Körperlichkeit. Selbst als Schemen hatte er den Eindruck, jemand zu sein – nicht nur eine körperlose telepathische Stimme, ein Gespenst. Er schwebte über der Lichtung der reglosen Bäume, über den umgestürzten Platten und nahe dem verfallenen Eingang zu dem, was Thibor Ferenczys Gruft gewesen war. Um sich herum ließ er einen ganz schwachen Lichtschimmer entstehen. Dann wandte er seine Gedanken nach außen, in die Dunkelheit der Nacht hinein.

Hätte er einen Körper besessen, hätte Harry ein wenig gezittert und einen Schauder empfunden – aber einen ganz und gar körperlichen und keinen geistigen. Denn das untote Böse, das man vor fünfhundert Jahren an dieser Stelle begraben hatte, war nicht mehr untot, sondern wirklich und endgültig tot.

Wobei diese Tatsache eine andere Frage aufwarf: Waren *alle* Reste beseitigt? War es ... ganz und gar ... tot? Denn Harry Keogh hatte eines gelernt und war immer noch dabei, dies zu verarbeiten: Der Vampir klammerte sich mit ungeheurer Zähigkeit an das Leben!

»Thibor«, sagte Harry. »Ich bin da. Gegen den Rat all jener unzähligen Toten bin ich wiedergekehrt, um mit dir zu sprechen.«

Aaaahhhh! Haaarrry – du tröstest mich, mein Freund. Du bist mein einziger Trost! Die Toten flüstern in ihren Gräbern, sprechen von diesem oder jenem, aber sie meiden mich. Ich bin als einziger wirklich ... allein! Ohne dich gäbe es nur das Vergessen ...

Wirklich allein?

Das bezweifelte Harry. Seine empfindliche ESP-Wahrnehmung sagte ihm, daß noch etwas da war – etwas, das sich zurückhielt, das abwartete –, etwas, das immer noch Gefahr bedeutete. Doch sein Mißtrauen verbarg er vor Thibor.

»Ich habe dir etwas versprochen«, sagte er. »Du sagst mir, was ich wissen will, und als Gegenleistung werde ich dich nicht vergessen. Auch wenn es nur ein, zwei Augenblicke sind, werde ich dennoch hier und da Zeit finden, um mit dir zu sprechen.«

Weil du gut bist, Harry. Weil du ein gutes Herz hast. Während die Toten unfreundlich zu mir sind. Sie haben immer noch etwas gegen mich!

Harry kannte die Ablenkungsmanöver des alten Dings unter der Erde ganz genau. Thibor würde unter allen Umständen das Thema zu meiden versuchen, weswegen er vor allem hergekommen war. Vampire sind eben die Abkömmlinge Satans, sprechen seine Sprache, und deshalb hört man von ihnen vor allem Lügen und Ausflüchte. So bemühte sich Thibor also nach Kräften, die

Unterhaltung in die gewünschte Richtung zu lenken – diesmal die »unfaire« Behandlung seiner geschätzten Person durch die große Mehrheit. Harry gab ihm keine Chance.

»Du hast keinen Grund zur Klage«, sagte er zu dem Alten. »Sie kennen dich eben, Thibor! Wie viele Leben hast du genommen, um dein eigenes zu verlängern oder zu erhalten? Sie vergeben nicht, diese Toten, denn sie haben das verloren, was ihnen am wertvollsten war. Zu deiner Zeit hast du so viele Leben gestohlen, und nicht nur, daß du den Tod brachtest, nein, gelegentlich brachtest du auch den Untod! Es sollte dich nicht überraschen, daß sie dich meiden!«

Thibor seufzte. *Ein Soldat tötet,* gab er zur Antwort. *Und wenn er selbst stirbt, wenden sie sich dann etwa von ihm ab? Sicherlich nicht! Man heißt ihn willkommen! Der Henker tötet, genau wie der Verrückte in seinem Wahn, und wie der Gehörnte, wenn er einen anderen in seinem Bett entdeckt. Meidet man sie etwa deshalb? Im Leben vielleicht, zumindest manche davon, aber nicht mehr, wenn das Leben beendet ist. Denn nun haben sie sich auf eine neue Ebene begeben. In meinem Leben tat ich, was ich tun mußte, und ich habe dafür mit eben diesem Leben bezahlt. Muß ich nun immer weiter bezahlen?*

»Willst du, daß ich mich zu deinem Anwalt ihnen gegenüber mache?« Harry meinte das natürlich alles andere als ernst.

Aber Thibor war nicht auf den Mund gefallen. *Daran hatte ich noch gar nicht gedacht! Aber nun, da du es erwähnst ...*

»Lächerlich!« rief Harry. »Du spielst mit Worten – spielst mit mir – aber dazu bin ich nicht hergekommen! Es gibt eine Million anderer, die wirklich gern mit mir sprechen möchten, und ich verschwende meine Zeit mit dir! Ach, na ja, ich habe aus der Erfahrung gelernt. Ich werde dich nicht mehr stören.«

Harry, warte! Nun lag Panik in Thibors Stimme, die Harry in des Wortes wörtlicher Bedeutung von jenseits des Grabes erreichte. *Geh nicht, Harry! Wer wird sonst mit mir sprechen, falls es ... keinen anderen Totenhorcher mehr gibt!*

»Das ist eine Tatsache, die du stets im Gedächtnis behalten solltest!«

Aaaahhh! Droh mir nicht, Harry! Was bin ich – was war ich – als ein altes Geschöpf, das weit vor Ablauf seiner Zeit in eine Gruft gesperrt wurde? Sollte ich dir als schwierig erscheinen, dann verzeih mir das bitte! Komm nun, sag mir, was du von mir wolltest.

Harry gönnte ihm ein versöhntes inneres Lächeln. »Na gut. Es ist so, daß ich deine Geschichte sehr interessant fand.«

Meine Geschichte?

»Deine Erzählung, wie es kam, daß du der wurdest, als den ich dich kenne. Falls ich mich richtig erinnere, warst du soweit gekommen, daß dich Faethor in seinem Kerker eingesperrt hatte und etwas in dich verpflanzte ...«

Sein Ei! unterbrach ihn Thibor. *Die Perlensaat der Wamphyri! Du hast ein gutes Gedächtnis, Harry Keogh. Und meines ist auch nicht schlecht. Vielleicht zu gut* ... Mit einem Mal klang seine Stimme traurig.

»Du möchtest also nicht weiter erzählen?«

Ich wünschte, ich hätte nie damit begonnen! Aber sollte dich das eine Weile hier verweilen lassen ... Harry sagte nichts, wartete nur ein paar Augenblicke. Dann: *Es stimmt also,* stöhnte der ehemalige Vampir. *Also gut.*

Und nach kurzem, mürrischen Schweigen fuhr Thibor mit seiner Erzählung fort.

Stell dir also diese unheimliche alte Burg oben in den Bergen vor: die Mauern durch Nebelschwaden verhüllt, das Hauptgebäude, das sich wie eine Brücke über die Kluft spannt, die Türme, die sich wie Reißzähne dem Mond entgegenrecken. Und stell dir ihren Herrn vor: ein Geschöpf, das einst ein Mensch gewesen war, vor langer Zeit. Ein Ding, das sich Faethor Ferenczy nannte.

Ich habe bereits berichtet, wie er ... wie er mich küßte. Ach, so wurde noch nie ein Sohn von seinem Vater geküßt! Er verpflanzte sein Ei in mich, oh ja! Und wenn ich die Schrammen und Risse in einem Kampf schon für schmerzhaft gehalten hatte ...

Die Saat eines Vampirs zu erhalten, bedeutet eine fast tödliche Pein! *Fast* tödlich, jedoch nicht ganz. Nein, denn der Vampir wählt den Wirt für sein Ei mit größter Sorgfalt und List aus. Er muß stark sein, dieser Unglückliche. Er muß über einen scharfen Verstand verfügen und möglichst kalt und gefühllos sein. Und ich gebe zu: Ich entsprach diesen Anforderungen. Wie könnte es anders sein, bei einem Lebenswandel wie meinem?

Und so erlitt ich den Schrecken des Eies in mir, das winzige Scheinfüßchen und Haken hervorbrachte, um sich damit durch meinen Hals und in meinen Brustkorb voranzuziehen. Schnell? Das Ding war wie Quecksilber! Ja, es war sogar noch mehr als Quecksilber. Die Vampirsaat kann durch menschliches Fleisch dringen wie Wasser durch Sand. Faethor hätte mich nicht durch seinen Kuß in Angst und Schrecken versetzen müssen – doch er hatte sich so danach gesehnt! Und Erfolg gehabt.

Sein Ei drang durch mein Fleisch, von meinem Nacken bis zu meinem Rückgrat, das es erforschte wie eine Maus ein Loch in der Mauer, aber auf Füßchen, die wie Säure brannten! Und mit jeder Berührung meiner Nervenenden überschwemmten mich neue Wellen der Pein!

Ah! Wie ich mich wand und an meinen Ketten riß! Aber nicht lange. Schließlich fand das Ding einen Ruheplatz. Ein Neugeborenes ermüdet rasch. Ich glaube, es ließ sich in meinen Eingeweiden nieder, die sich sofort zusammenkrampften und mir solchen Schmerz verursachten, daß ich aufschrie und um die Gnade des Todes bettelte! Doch dann wurden die Haken eingezogen, und das Ding schlief ein.

Die Todespein verschwand innerhalb eines Augenblicks aus mir, so rasch, daß sogar dieses Gefühl wieder eine Art von

Schmerz darstellte. Und danach – im Hochgefühl der Schmerzlosigkeit – schlief auch ich ein.

Als ich erwachte, fand ich mich bar aller Fesseln und Ketten und lag verkrümmt auf dem Fußboden. Nichts tat mir mehr weh. Obwohl mir bewußt war, daß meine Zelle in tiefster Dunkelheit lag, konnte ich genauso gut sehen wie im hellsten Tageslicht. Zuerst begriff ich nichts. Ich suchte vergebens nach dem Loch, durch welches all dieses Licht eindrang, eindringen mußte, und versuchte sogar, an der rauhen Wand hochzuklettern, in der Hoffnung, ein verborgenes Fenster oder einen Lichtschacht zu entdecken. Umsonst.

Zuvor jedoch, vor meinem lächerlichen Versuch, zu entkommen, wurde ich mit den anderen konfrontiert, *jenen*, die mein bedrückendes Gefängnis mit mir teilten. Oder mit dem, was aus ihnen geworden war.

Zuerst war da der alte Arvos, der auf dem Boden lag, wie Faethor ihn zurückgelassen hatte – zumindest glaubte ich das. Ich ging zu ihm hinüber, musterte seine graue Haut, den eingefallenen Brustkorb unter den Fetzen seines groben Hemdes. Und dann legte ich meine Hand auf seinen Körper, vielleicht im Versuch, die Wärme des Lebens noch in ihm zu spüren, oder einen schwachen, versagenden Herzschlag. Denn ich glaubte, ein ganz leichtes Heben und Senken seiner knochigen Brust beobachtet zu haben.

Kaum hatte ihn meine Hand berührt, als der Zigeuner auch schon in sich zusammenfiel, wie ein hohles, brüchiges Ding, wie das Laub des letzten Herbstes, wenn man darauf tritt. Unter dem Käfig von Rippen, die ebenfalls zerbröckelten, war nichts! Auch das Gesicht zerfiel zu Staub, wie durch die Lawine seines Körpers erfaßt und mitgerissen. Das alte, unschöne Gesicht verschwand im Staub. Die Gliedmaßen kamen als Letztes dran. Wie aufgeschlitzte Weinschläuche schien der Inhalt aus ihnen zu entweichen. Nach wenigen Augenblicken lagen da nur noch ein

Haufen Staub und Knochensplitter und altes Leder, und all das noch immer von seinen groben Kleidungsstücken umschlossen.

Fasziniert und mit herunterhängendem Unterkiefer starrte ich die Überreste des alten Arvos an. Ich erinnerte mich, wie Faethors Finger sich gelöst hatte und wie ein Wurm in ihn eingedrungen war. Und war dieser Wurm für all das verantwortlich? Hatte ihn dieser kleine, fleischige Teil Faethors von innen heraus derartig vollständig zerfressen? Was war dann mit dem Wurm selbst geschehen? Wo befand er sich nun?

Meine Fragen wurden beinahe im gleichen Moment beantwortet. »Aufgebraucht, Thibor, so ist es«, sagte eine dumpfe Stimme, die in der engen Zelle widerhallte. »Nun nährt er denjenigen, der in der Erde unter deinen Füßen lebt!« Aus dem Schatten des Kerkers trat mein alter Kamerad, der Wallache mit dem mächtigen Brustkorb, den langen Armen und den kurzen Stummelbeinen. Ehrig war sein Name gewesen – als er noch ein Mensch gewesen war!

Denn als ich ihn jetzt musterte, sah ich nichts von dem, den ich gekannt hatte. Er war wie ein Fremder, um den eine eigenartige Aura lag. Oder auch nicht ganz so eigenartig, denn ich glaubte, die Ausstrahlung bereits zu kennen.

Es war die morbide Gegenwart des Ferenczy. Ehrig war nun sein Geschöpf!

»Verräter!« sprach ich ihn voller Verachtung an. »Der alte Ferenczy hat dein Leben gerettet, und in deiner Dankbarkeit gibst du ihm dieses Leben jetzt. Und wie viele Male und in wie vielen Schlachten habe ich dein Leben gerettet, Ehrig?«

»Ich kann die Gelegenheiten längst nicht mehr zählen, Thibor«, erwiderte der andere mit kratzender Stimme, die Augen groß und rund in seinem hageren, eingefallenen Gesicht. »Oft genug, und du müßtest wissen, daß ich mich niemals freiwillig gegen dich stellen würde!«

»Was? Willst du damit sagen, daß du mir immer noch ergeben

bist?« Ich lachte sarkastisch. »Aber ich kann den Ferenczy an dir *riechen!* Oder hast du dich unfreiwillig gegen mich gestellt?« Und noch etwas härter fügte ich hinzu: »Warum sonst sollte der Ferenczy dich retten, wenn nicht, um ihm zu dienen?«

»Hat er dir denn nichts erzählt?« Ehrig trat näher. »Er hat mich nicht als seinen Diener gerettet! Ich soll *dir* dienen – so gut es mir möglich ist – nachdem er diesen Ort verläßt.«

»Der Ferenczy ist verrückt!« rief ich anklagend. »Er hat dich getäuscht, merkst du das nicht? Hast du vergessen, warum wir hierher kamen? Wir kamen, um ihn zu töten! Aber sieh dich jetzt an: hager, wie betäubt, hilflos wie ein Kind. Wie könntest du mir wohl dienen?«

Ehrig trat noch etwas näher heran. Seine großen Augen wirkten leer, die Lider rührten sich nicht. An Gesicht und Hals zuckten Muskeln und Nerven offensichtlich unkontrolliert. »Hilflos? Du schätzt die Macht des Ferenczy falsch ein, Thibor. Was er mir gab, heilte mein Fleisch und meine Knochen. Ja, und es macht mich stark. Ich kann dir so gut wie immer schon dienen, glaube mir. Überzeuge dich davon!«

Nun runzelte ich die Stirn und schüttelte den Kopf in plötzlichem Staunen. Seine Worte ergaben durchaus einen Sinn und kühlten meine zornigen Gedanken wenigstens zum Teil ab. »Alles, was recht ist«, stimmte ich ihm zu, »du solltest eigentlich tot sein! Deine Knochen wurden gebrochen, stimmt, und dein Fleisch zerrissen. Behauptest du, daß der Ferenczy wirklich über eine solche Macht verfügt? Ich erinnere mich daran, daß er mir sagte, wenn du dich erholt hättest, seist du ihm hörig. Aber *ihm*, hörst du? Wie kann es also angehen, daß du hier stehst und behauptest, *ich* sei immer noch dein Herr und Führer?«

»Er beherrscht viele Dinge, Thibor«, antwortete Ehrig. »Und es stimmt, daß ich an ihn gebunden bin – in einem gewissen Maß. Er ist ein Vampir, und ich bin nun auch eine Art von Vampir. Genau wie du ...«

»Ich?« Ich war empört. »Ich gehorche niemandem! Sicher, er hat etwas mit mir angestellt, hat etwas von sich selbst in mich hineingelegt, etwas Giftiges, doch ich stehe unverändert hier! Du, Ehrig, einst mein Freund und Gefolgsmann, hast dich vielleicht in dein Schicksal ergeben, aber ich bin und bleibe Thibor, der Wallache!«

Ehrig berührte mich am Ellbogen, und ich zuckte vor ihm zurück. »Bei mir kam die Veränderung sehr schnell«, berichtete er. »Sie wurde beschleunigt, weil sich das Fleisch des Ferenczy mit dem meinen vermischte und mich dadurch heilte. Die zerschmetterten Teile meines Körpers wurden durch sein Fleisch geheilt, und so, wie er meine Knochen verbunden hat, band er mich auch an sich. Ich werde ihm zu Willen sein, das ist wahr. Zum Glück verlangt er nichts anderes von mir, als hier bei dir zu verweilen.«

Während er in seiner melancholischen Art zu mir sprach, hatte ich geschwind die Zelle durchsucht, ob es eine Möglichkeit zum Entkommen gab, hatte sogar versucht, an den Mauern emporzuklettern. »Dieses Licht«, murmelte ich. »Woher kommt es? Wenn das Licht einen Weg hier herein findet, finde ich auch einen Weg hinaus.«

»Da ist kein Licht, Thibor«, sagte Ehrig, der mir stets hinterher lief. »Es ist ein Beweis für die Magie des Ferenczy. Weil wir seine Geschöpfe sind, teilen wir auch seine Kräfte. Hier drinnen herrscht totale Finsternis. Doch wie die Fledermaus in deinem Wappen, und wie auch der Ferenczy selbst, kannst du nun in der Dunkelheit sehen! Noch mehr, denn du bist jemand ganz Besonderes! Du trägst sein Ei. Du wirst einmal genauso mächtig, vielleicht sogar noch mächtiger sein als der Ferenczy selbst. Du bist ein Wamphyri!«

»Ich bin nur ich selbst!« tobte ich. Und ich packte Ehrig an der Kehle.

Und jetzt, da ich ihn ganz nah heranzog, bemerkte ich zum

ersten Mal das gelbe Glühen in seinen Augen. Es waren Tieraugen – die Augen eines Raubtiers, so wie meine, falls er die Wahrheit sagte. Ehrig gab sich keine Mühe, mir zu widerstreben; im Gegenteil, als ich stärker drückte, sank er vor mir auf die Knie nieder.

»Was ist?« rief ich. »Warum wehrst du dich nicht? Zeige mir doch diese wundervolle Kraft, von der du sprachst! Du sagtest, ich solle mich davon überzeugen. Jetzt nehme ich dich beim Wort. Du wirst sterben, Ehrig! Jawohl, und nach dir ist dein neuer Herr an der Reihe – in dem Augenblick, da er seine Nase in diesen Kerker steckt. Wenigstens ich habe den Zweck unseres Kommens nicht vergessen.«

Ich packte eine der Ketten, die mich an die Wand gefesselt hatten, und wand sie ihm um den Hals. Er würgte halb erstickt, seine Zunge hing heraus, doch immer noch machte er keine Anstalten, sich zu wehren. »Sinnlos, Thibor«, keuchte er, als ich ein wenig lockerer ließ. »Alles sinnlos. Erwürge mich, ersticke mich, breche mir das Genick. Es wird heilen. Du sollst mich nicht töten. Du *kannst* mich nicht töten! Nur der Ferenczy kann das. Ein Witz, ja? Und wir kamen hierher, um *ihn* zu töten!«

Ich schleuderte ihn von mir, rannte zur großen eichenen Tür, tobte und hämmerte dagegen.

Nur Echos antworteten mir.

Verzweifelt wandte ich mich wieder Ehrig zu. »Also«, fuhr ich ihn schwer atmend an, »bist du dir der Veränderung in dir bewußt. Klar – denn wenn ich es schon bemerke, muß es dir selbst ja noch deutlicher bewußt werden. Alles schön und gut, aber sage mir: Warum bin ich dann der Gleiche wie zuvor? Ich fühle mich genauso wie immer. Also kann ich mich nicht gerade stark verändert haben.«

Ehrig rieb sich den Hals und stand geschmeidig auf. Die Kette hatte breite Schrammen an seinem Hals hinterlassen, aber ansonsten schien er nichts weiter abbekommen zu haben. Seine Augen glühten wie zuvor, und seine Stimme klang so traurig und vorwurfsvoll wie immer: »Wie du sagtest«, schnaufte er, »hat in mir diese Veränderung stattgefunden. Ich wurde zusammengeschmiedet wie Eisen im Feuer. Das Fleisch des Ferenczy hat mich gepackt und seinem Willen unterworfen, hat mich zurechtgebogen, wie man das Eisen im Feuer biegt. Doch bei dir ist es anders, viel subtiler. Die Saat des Vampirs wächst in dir heran. Er heftet sich an deinen Geist, dein Herz, sogar an dein Blut. Du bist wie zwei Geschöpfe innerhalb eines Körpers, doch ihr werdet langsam zusammenwachsen, miteinander verschmelzen.«

Das hatte mir auch Faethor versichert. Ich ließ mich gegen die feuchte Mauer sacken. »Dann liegt mein Schicksal nicht mehr in meiner eigenen Hand«, stöhnte ich.

»Aber doch, Thibor, doch!« Ehrig klang nun richtig eifrig. »Denke einmal daran – jetzt, da der Tod für dich keinen Schrekken mehr bereithält, kannst du ewig leben! Du hast die Möglichkeit, mächtiger zu werden als je ein Mann vor dir! Welch ein großartiges Schicksal steht dir bevor!«

Ich schüttelte den Kopf. »Mächtig? Und dennoch dem Ferenczy hörig? Das würde doch viel eher *machtlos* bedeuten! Wie könnte ich ihm hörig und doch selbständig sein? Nein, das wird nicht gehen. Ich werde einen Weg finden, solange ich noch meinen freien Willen besitze.« Ich befühlte meine Brust und verzog das Gesicht. »Wie lange noch, bis ... bis dieses Ding in mir mich zu steuern beginnt? Wieviel Zeit habe ich, bis der Gast den Wirt unterwirft?«

Langsam und meiner Empfindung nach traurig, schüttelte er den Kopf. »Du bestehst darauf, Schwierigkeiten zu sehen, wo keine sind«, klagte er. »Das hat mir der Ferenczy bereits vorher gesagt. Denn du seist wild und halsstarrig, sagte er. Du *wirst* nur dir selbst gehören, Thibor! Es wird sich so abspielen: Das Ding in dir drinnen kann nicht ohne dich existieren, und du nicht ohne es. Doch wenn du vorher lediglich ein Mensch warst, mit all den

Beschränkungen und schwächlichen Leidenschaften eines Menschen, wirst du nun ...«

»Halt ein!« befahl ich, denn mein Gedächtnis flüsterte mir plötzlich monströse Dinge ein. »Er sagte mir ... er behauptete ... daß er geschlechtslos sei! Er sagte: Die Wamphyri haben kein Geschlecht als solches. Und du willst mir etwas von meinen »schwächlichen Leidenschaften« erzählen?«

»Als einer der Wamphyri«, erklärte mir Ehrig geduldig, wie es ihm vermutlich der Ferenczy aufgetragen hatte, »besitzt du das Geschlecht deines Wirts. Und der Wirt bist *du!* Deine Lust, deine große Kraft, deine Schlauheit – all deine Leidenschaften – hast du noch immer, doch um ein Vielfaches stärker! Stell dir vor, wie du deinen überlegenen Verstand gegen deine Feinde einsetzt, mit deinen enormen Kräften in der Schlacht siegst, oder wie du unermüdlich im Bett die Frauen beglückst!«

Ich war innerlich völlig aufgewühlt. Ah! Aber konnte ich denn sicher sein, daß es meine eigenen Gefühle wären? Ganz allein meine? »Aber – das – wäre – nicht – mehr – *ich!*« Ich betonte jedes Wort einzeln, während ich immer wieder mit der Faust gegen die Mauer schlug, bis das Blut aus meinen aufgerissenen Knöcheln spritzte.

»Doch, das bist noch immer *du!*«, beharrte er, wobei er näher trat, meine blutige Hand betrachtete und sich die Lippen leckte. »Ja, mit heißem Blut und allem anderen. Der Vampir in dir wird alles in kurzer Zeit heilen. Doch laß mich unterdessen danach schauen.« Er nahm meine Hand und begann, das salzige Blut abzulecken.

Ich schubste ihn weg. »Behalte deine Vampirzunge bei dir!« rief ich. Und plötzlich überlief es mich eiskalt, als ich endlich wirklich zu verstehen begann, was aus ihm geworden war. Und was aus mir wurde. Denn ich hatte diesen Blick voller unnatürlicher Gier bemerkt, und ich hatte mich mit einem Mal daran erinnert, daß wir einst zu dritt gewesen waren ...

Ich blickte mich in der Zelle um, sah in alle Ecken und spinnwebenverschleierte Schatten, und meine veränderte Sehfähigkeit durchdrang selbst die tiefste Dunkelheit. Ich sah alles und doch nicht das, was ich suchte. Dann wandte ich mich wieder Ehrig zu. Er bemerkte meinen Gesichtsausdruck und trat vor mir zurück.

»Ehrig«, sagte ich und folgte ihm, bis ich wieder dicht vor ihm stand. »Ehrig, sag mir bitte, was aus dem armen, entstellten Leichnam von Vasily wurde! Wo befindet sich die Leiche unseres früheren Kameraden, des schlanken, immer aggressiven Vasily?«

Beim Rückzug stolperte Ehrig in einer Ecke über etwas. Er strauchelte und fiel – auf einen kleinen Haufen beinahe weiß gebleichter Knochen. Menschlicher Knochen.

Nach einigen Augenblicken fand ich meine Sprache wieder. »Vasily?«

Ehrig nickte, schreckte vor mir zurück und krabbelte wie eine Schabe über den Fußboden. »Der Ferenczy ... er ... er hatte uns nichts zu essen gegeben!« So bettelte er förmlich um Vergebung.

Ich sackte in mich zusammen und wandte mich angeekelt ab. Ehrig rappelte sich hoch und kam vorsichtig näher. »Bleib mir vom Leibe!« warnte ich. Meine Stimme war leise und voller Abscheu. »Warum hast du die Knochen nicht auch noch zerbrochen, um an das Mark heranzukommen?«

»Oh, nein!« erwiderte Ehrig, als müsse er es einem Kind erklären. »Der Ferenczy befahl mir, die Knochen für ... für den da unten in der Erde übrig zu lassen, der auch den Körper des alten Arvos in Besitz nahm und verschlang. Er kommt bestimmt heraus, wenn alles ruhig ist. Sobald wir einmal schlafen ...«

»Schlafen?« fuhr ich ihn an. »Glaubst du, ich kann schlafen? Hier? In der gleichen Zelle wie du?«

Er wandte sich mit herunterhängenden Schultern von mir ab. »Ach, du bist so stolz, Thibor. Wie ich es vorher auch war. Hochmut kommt vor dem Fall, sagt man. Deine Zeit wird noch kommen. Was mich betrifft, werde ich dir bestimmt nichts tun.

Selbst wenn ich es wagte, wenn mein Hunger derart groß wäre, daß ... aber ich würde es nicht wagen. Der Ferenczy würde mich in kleine Stücke schneiden und jedes einzelne davon im Feuer verbrennen. Das hat er mir angedroht. Außerdem liebe ich dich wie einen Bruder.«

»Wie du auch Vasily liebtest?« Ich blickte ihn finster an. Er antwortete mir nicht. »Laß mich in Frieden!« grollte ich. »Ich muß über vieles nachdenken.«

Ich begab mich in die eine Ecke, Ehrig in eine andere. Dann setzten wir uns schweigend hin.

Stunden vergingen. Schließlich schlief ich ein. In meinen Träumen, an die ich mich – zum Glück vielleicht – zum größten Teil nicht mehr erinnere, schien ich eigenartige Schleifgeräusche wahrzunehmen, und schmatzendes Saugen. Danach auch trockenes Splittern.

Als ich erwachte, waren Vasilys Knochen verschwunden.

DRITTES KAPITEL

Die Stimme des verstorbenen Vampirs verklang in Harry Keoghs körperlosem Geist. Lange Augenblicke dauerte das Schweigen an, und diesen Leerlauf konnte sich Harry wirklich nicht leisten. Jeden Moment konnte sein kleiner Sohn erwachen und ihn so unversehens zurückholen, zurück durch das Labyrinth des Möbius-Kontinuums in die Mansardenwohnung in Hartlepool. Doch wenn Harrys Zeit schon kostbar war, dann erst recht die Zeit des Rests der Menschheit.

»Ich fange an, dich zu bedauern, Thibor«, sagte er, wobei seine Lebensenergie auf der dunklen Lichtung unter den hohen Bäumen blau leuchtete wie ein Neon-Glühwürmchen. »Ich verstehe immer besser, wie du dich dagegen gewehrt hast, weil du nicht zu dem werden wolltest, was du schließlich doch wurdest.«

Schließlich? fragte das alte Ding unter der Erde. *Kein ›Schließlich‹, Harry – von Anfang an, von dem Moment, als Faethors Saat nach meinem Körper und nach meinem Geist griff, war ich verloren. Denn von da an wuchs es in mir. Und es wuchs rasch heran. Spät erst wurden mir die Auswirkungen bewußt, als ich meine Gefühle, meine Leidenschaften verändert fand. Spürst du etwa, wenn dein Körper nach einem Schnitt oder einer Prellung heilt? Spürst du, wenn deine Haare und Fingernägel wachsen? Ist sich ein Mensch, der langsam in den Wahnsinn abgleitet, dessen bewußt?*

Plötzlich, während die Stimme des Vampirs wieder verklang, vernahm Harry ein anderes, sich verstärkendes Schwatzen. Dann einen frustrierten Aufschrei, einen Schrei voller Zorn!

Er hatte das früher oder später erwartet, denn er wußte, daß Thibor Ferenczy nicht allein unter den Kreuzhügeln begraben lag.

Und nun erklang eine neue Stimme im Bewußtsein des Necroscope, eine Stimme, die er wiedererkannte.

Du alter Lügner! Du alter Teufel! rief der erregte Funke, der zornige Geist von Boris Dragosani. *Ach, und wie steht es mit dieser Art von Ironie des Schicksals? Nicht genug, daß ich tot bin, nein, ich liege auch noch im gleichen Grab wie das Geschöpf, das ich von allen auf der Welt am meisten verabscheute! Und was noch schlimmer ist, ausgerechnet der größte Feind in meinem Leben, derjenige, der mich tötete, ist nun der einzige lebende Mensch, der auch im Tod noch mit mir sprechen kann! Ha, ha! Hier liegen zu müssen und die Stimmen ausgerechnet dieser beiden vernehmen zu müssen – die eine fordernd, die andere winselnd, Überzeugung heischend und verlogen wie immer – zu wissen, wie sinnlos alles ist, und doch voller Sehnsucht darauf zu brennen, irgendwie ... dabei sein zu dürfen! Oh Gott, falls es je einen Gott gab, will denn-niemand-endlich-mit-mir-sprechen?!*

Beachte ihn nicht, sagte Thibor schnell. *Er phantasiert. Denn du weißt sehr wohl, Harry, der du ja entscheidend mitgewirkt hast, daß er mich und sich selbst tötete! Dieser Gedanke an sich reicht schon aus, um jeden zum Irrsinn zu treiben, und der arme Boris war ja bereits halb verrückt, als er herkam.*

Ich wurde in den Wahnsinn getrieben! heulte Dragosani empört. *Durch ein dreckiges, verlogenes, abscheuliches Ding unter der Erde! Weißt du, was er mir angetan hat, Harry Keogh?*

»Mir sind mehrere Dinge bewußt, die er dir angetan hat«, erwiderte Harry. »Mentale und körperliche Folter ist bei Geschöpfen deiner Art immerzu im Spiel, ohne Ende, ob ihr am Leben seid oder tot. Oder Untot!«

Und wie recht du hast, Harry! warf nun eine dritte Stimme von jenseits des Grabes ein.

Sie klang sanft, flüsternd beinahe, jedoch mit einem finsteren, bösartigen Unterton. *Sie sind so grausam, daß einem die Worte fehlen, um das zu beschreiben, und keinem von beiden kann man trauen! Ich half Dragosani, ich war sein Freund. Es war mein Finger, der jenen Bolzen auslöste, der Thibors Herz durchbohrte und ihn hier festnagelte, halb aus sei-*

nem Grab ragend. Ha, und ich war derjenige, der Dragosani die Sichel in die Hand drückte, mit der er den Kopf des Ungeheuers abschnitt! Und wie dankte er es mir, na? Ach, Dragosani! Wie kannst du nur von Lüge und Verrat sprechen, wenn du selbst ...

Du-warst-selbst-ein-Ungeheuer! Dragosani übertrumpfte Max Batus Anschuldigungen mit einer eigenen. *Meine Entschuldigung dafür ist eine ganz einfache: Ich trug Thibors Vampirsaat in mir. Aber wie steht es mit dir, Max? Na? Ein Mann, der so böse war, daß er mit einem einzigen Blick töten konnte?*

Batu, ein Mongolischer Esper, der zu Lebzeiten den Bösen Blick beherrscht hatte, war empört.

Hört euch diesen verdammten Lügner an, diesen Dieb! zischte er. *Er hat mir die Kehle durchgeschnitten, mich ausgeblutet, meinen Leichnam geschändet und ihm mein Geheimnis entrissen. Er hat meine besondere Fähigkeit zu seiner gemacht, um so töten zu können ... wie ich. Ha! Es hat ihm nicht viel eingebracht! Jetzt teilen wir uns diesen düsteren Berghang. Jawohl, Thibor, Dragosani und ich, und alle drei werden wir von den vielen anderen Toten gemieden.*

»Ihr drei, hört mir mal zu!« sagte Harry energisch, bevor die Zankerei wieder losging. »Also habt ihr alle unter Ungerechtigkeiten zu leiden, ja? Nun, das mag angehen, aber keine davon ist so groß wie diejenigen, die ihr zu euren Lebzeiten anderen zugefügt habt. Wie viele Menschen hast du mit dem Bösen Blick getötet, Max, mitten aus dem Leben gerissen und ihr Herz wie Papier zerknüllt? Und waren das schlechte Menschen? Hatten sie den Tod verdient? Auf diese schreckliche Art? Nein, denn zumindest einer davon war mein Freund, und er war ein guter Mann, wie du dir keinen besseren wünschen könntest!«

Der Chef eures britischen E-Dezernats? Batu begriff schnell. *Aber Dragosani hat mir befohlen, ihn zu töten!*

Es war unser Auftrag! plädierte Dragosani. *Und spiele hier nicht den Unschuldsengel, Mongole! Du hattest vor ihm schon andere umgebracht.*

Er hat auch den Tod von Ladislau Giresci angeordnet, fuhr Batu fort.

Ein Landsmann von ihm und darüber hinaus total unschuldig! Ah, doch Giresci kannte das Geheimnis Dragosanis – daß er ein Vampir war!

Er stellte eine Gefahr dar ... für den Staat! rechtfertigte sich Dragosani ungeschickt. *Ich habe nur für Mütterchen Rußland gearbeitet, als ich ...*

»Du hast lediglich im eigenen Interesse gehandelt!« fuhr ihn Harry an. »In Wahrheit hattest du geplant, deine eigene Machtposition im Land zu stärken. Nein, du wolltest Macht über die ganze Welt! Lüge nur, wenn du es für notwendig hältst, Dragosani, denn das ist ja ein Wesenszug der Vampire, aber belüge dich nicht auch noch selbst! Ich habe mit Gregor Borowitz gesprochen – hast du das vergessen? Und ist er auch für Mütterchen Rußland gestorben? Der Chef eures eigenen E-Dezernats?«

Da hast du's, Dragosani, sagte Thibor mit sarkastischem Unterton. *In der eigenen Falle gefangen.*

»Juble nicht zu früh, Thibor!« Harrys Stimme klang sehr leise und gedämpft. »Du warst genauso schlimm oder sogar noch schlimmer als die beiden zusammen.«

Ich? Ich habe doch fünfhundert Jahre lang lediglich hier unter der Erde gelegen! Was kann denn ein armes Ding unter der Erde schon Böses anrichten, wenn es allein mit den Würmern im kalten, harten Boden liegt?

»Und was war in den fünfhundert Jahren zuvor?« fragte Harry. »Du weißt genauso wie ich, daß die Wallachei während dieser Jahrhunderte unter deiner Faust erzitterte! Die Erde ist dunkel vom Blut derjenigen, die du dahingeschlachtet hast! Und schiebe die Schuld daran nicht auf Faethor Ferenczy. Man kann ihm nicht alles vorwerfen. Er wußte, was du warst, sonst hätte er dich nicht erwählt ...«

Und deshalb bist du hergekommen? fragte Thibor nach einem Augenblick des Schweigens. *Um mich zu plagen und zu beschuldigen und zu denunzieren?*

»Nein«, sagte Harry. »Ich kam, um einiges in Erfahrung zu bringen. Sieh mal, ich kann nicht so unschuldig lügen wie du. Ich war noch nie ein guter Lügner. So bin ich sicher, du würdest es bemerken, wenn ich bloße Ausflüchte vorbringen würde. Also werde ich es geradeheraus sagen ...«

Was denn? fragte Dragosani. *Raus mit der Sprache!*

Harry ignorierte ihn und schwieg ein paar Sekunden lang. Schließlich sagte er: »Thibor, gerade eben hast du gefragt, was du wohl anrichten konntest, da du doch die letzten fünfhundert Jahre lang hier begraben warst.«

Ich kann dir erzählen, was er angerichtet hat! platzte Dragosani heraus, der unbedingt beachtet werden wollte. *Sieh mich doch an! Ich war ein unschuldiges Kind, dem er die Kunst der Nekromantie beibrachte. Später, als ich ein Jüngling war, verführte er mich mit seinen hypnotischen Eigenschaften und seinen Lügen. Und nachdem ich zum Mann wurde, pflanzte er sein Vampirei in mich ein, und als das reif war ...*

»Deine Geschichte interessiert mich überhaupt nicht!« unterbrach ihn Harry. »Genauso wenig wie deine Verleumdungen Thibor oder irgend einem anderen gegenüber!«

Verleumdungen? Dragosani war wütend.

»Sei still!« Harry war mit seiner Geduld am Ende. »Unterbrich mich nicht mehr, sonst werde ich euch alle auf der Stelle verlassen und ihr könnt die Jahrhunderte und Jahrtausende in eurer Einsamkeit verharren. Ihr alle drei!«

Nun herrschte mürrisches Schweigen.

»Also gut«, nahm Harry den Faden schließlich wieder auf. »Wie ich schon bemerkte, bin ich nicht sehr an Thibors Verbrechen oder an deinen interessiert. Nein, ich will wissen, was er einer anderen Person angetan hat. Ich meine damit Georgina Bodescu, die in einem lang zurückliegenden Winter zusammen mit ihrem Mann hierher kam. Es gab einen Unfall, und der Mann starb. Hier an dieser Stelle. Sie war schwanger und fiel beim Anblick des Blutes in Ohnmacht. Und später ...«

Ah? sagte Thibor, dessen Interesse geweckt war. *Aber diese Geschichte habe ich dir doch bereits erzählt! Willst du jetzt behaupten, daß ... Hatte es irgendwelche Auswirkungen?*

Vorsicht, Harry Keogh! unterbrach ihn Dragosani. *Sag ihm nicht noch mehr! Ich habe zugehört, als der alte Lügner dir diese Geschichte erzählte. Sollte das ungeborene Kind von damals mittlerweile zum Mann gereift sein, steht er unter Thibors Bann. Und das, obwohl sein Herr tot ist! Begreifst du? Dieser Teufel würde zu neuem Leben erwachen, im Körper und Geist seines Abkömmlings!*

Du ... Hund! tobte Thibor. *Du bist ein Wamphyri! Bedeutet das gar nichts für dich? Wir mögen untereinander streiten, aber wir verraten unsere Geheimnisse nicht an Außenstehende! Du sollst für alle Zeiten verdammt sein, Dragosani!*

Alter Narr, das bin ich ohnehin! fuhr ihn Dragosani an.

»Ha!« schnaubte Harry.

Machen wir einen Handel. Ich werde meine Geschichte zu Ende erzählen, und du sagst mir, ob das Kind geboren wurde und am Leben ist. Und ... wie er lebt. Einverstanden?

Harry hatte bereits zuviel gesagt, also konnte er genauso gut weitermachen. Es gab prinzipiell vier Dinge, die er herausfinden mußte. Erstens: die volle Reichweite der Kräfte eines Vampirs. Zweitens: auf welche Art Thibor möglicherweise Yulian Bodescu benutzen konnte. Denn Dragosani nahm ja offensichtlich an, daß es Thibor möglich sei, in Bodescu wiedergeboren zu werden. Drittens: den Rest von Thibors Erlebnissen in der Burg des Ferenczy vor tausend Jahren, um einschätzen zu können, ob an jenem Ort noch etwas von dem Bösen der damaligen Zeit zurückgeblieben war. Und viertens: wie man einen Vampir tötet, und zwar endgültig!

Was das Letztere betraf: Harry hatte vor acht Monaten *geglaubt*, das zu wissen, als er Schloß Bronnitsy angriff. Doch wenn er nun zurückblickte, war ihm klar, daß er Dragosanis Tod nur einer Kombination glücklicher Umstände zu verdanken hatte. Zum einen war sein Gegner blind gewesen, denn sein Augenlicht war durch die Reflexion eines geistigen Angriffs zerstört worden, als er mit der von Max Batu gestohlenen Eigenschaft des Bösen

Blicks einen von Harrys Zombies angegriffen hatte, und der war ja nun bereits tot gewesen. Ein anderer von Harrys Tataren hatte Dragosani den Kopf abgeschlagen, und ein weiterer hatte den Vampir-Parasiten mit einem Holzpflock in seinem Brustkorb festgenagelt, als dieser den zerstörten menschlichen Körper verlassen wollte. Harry selbst hätte nichts davon fertiggebracht. Sein einziger Vorteil lag in der Beherrschung des Möbius-Kontinuums, denn als er von Maschinengewehrgarben durchsiebt wurde, floh er aus seinem sterbenden Körper dorthin und schleppte Dragosanis Geist mit. Im Möbiusraum angekommen, hatte er den Geist des Vampirs durch ein Tor in die Vergangenheit geschleudert, wo er bei Thibor in dessen Grab landete. Und dort hatte sich derweil ein »früherer« Dragosani angeschlichen und Thibor schließlich getötet – wobei er keine Ahnung davon hatte, daß er mit dem gleichen Hieb auch sein eigenes Schicksal besiegelte. Und Harrys körperloser Geist hatte sich durch dieses Kontinuum bewegt, bis er den Lebensfaden seines Sohnes fand und sich ihm anschloß. So lag er mit seinem Sohn in Brendas Leib und wartete darauf, geboren zu werden. Sie war seine Geliebte gewesen, seine Frau, und nun in gewissem Sinn auch seine Mutter. Seine zweite Mutter.

Doch was wäre geschehen, hätte er den Geist Dragosanis in dessen Leiche im Schloß Bronnitsy belassen? Wie lange wäre dieser geschundene Körper *tot geblieben?* Bloße Vermutungen würden ihm nicht weiterhelfen.

Und Harry fragte sich außerdem, wie die überlebenden russischen Mitglieder des E-Dezernats nach Beendigung der Kämpfe die Überreste beseitigt haben mochten. Wie hatten sie seine Zombies verkraftet? Das alles mußte ihnen wie ein wahnwitziger Alptraum vorgekommen sein! Er nahm an, daß nach seinem Abgang ins Möbius-Kontinuum die Tataren wieder in ihre Leichenstarre zurückgefallen waren ...

Vielleicht hatte Alec Kyle mittlerweile die Antworten auf diese

Fragen von Felix Krakovic erhalten. Harry würde das später feststellen, doch jetzt hatte er sich mit den aktuellen Problemstellungen auseinanderzusetzen. Vor allem: Wieviel durfte er Thibor über Yulian Bodescu erzählen? Vermutlich sehr wenig. Andererseits hatte der alte Vampir bestimmt schon das Wesentliche erraten. Eine weitere Geheimhaltung wäre also sinnlos.

»Also gut«, bestätigte Harry schließlich, »der Handel gilt!«

Narr! mischte sich Dragosani sofort wieder ein. *Ich habe dich überschätzt, Harry Keogh. Ich hatte dich wirklich für intelligenter gehalten. Und nun schließt du doch tatsächlich einen Pakt mit dem Teufel selbst! Mir wird langsam klar, daß ich bei unserer kleinen Auseinandersetzung lediglich Pech hatte. Du bist ein genauso großer Narr wie ich!*

Wieder ignorierte Harry ihn. »Dann her mit dem Rest deiner Geschichte, Thibor, und zwar schnell. Ich weiß nicht, wieviel Zeit mir noch bleibt.«

Als der Ferenczy zum ersten Mal herabkam, war ich nicht auf ihn vorbereitet. Ich schlief. Doch erschöpft und halb verhungert, wie ich war, hätte ich ohnehin nicht viel ausrichten können. Seine Stippvisite wurde mir bewußt, als ich durch meinen Schlaf hindurch vernahm, wie die schwere Eichentür zuschlug und von außen ein Riegel vorgeschoben wurde. Vier lebendige, an den Beinen zusammengebundene Hühner kreischten und flatterten in einem Korb, den er in der Zelle direkt vor der Tür abgestellt hatte. Als ich mich schwerfällig erhob und zur Tür ging, war Ehrig einen Schritt schneller als ich.

Ich packte ihn an der Schulter, riß ihn zurück und erreichte den Korb zuerst. »Was soll das, Faethor?« rief ich. »Hühner? Ich dachte, Vampire ernähren sich von etwas anderem Fleisch!«

»Wir trinken Blut!« rief er offensichtlich schmunzelnd zurück. »Grobes Fleisch essen wir nur, wenn es absolut sein muß, doch nur Blut ist das wahre Leben. Das Geflügel ist für dich, Thibor.

Dreh ihnen die Hälse um und trinke ihr Blut. Presse sie ganz aus. Und dann gib bitte Ehrig die Kadaver, und was anschließend noch übrig bleibt, geht an deinen »Cousin« unter dem Fußboden.«

Ich hörte, wie er die Steintreppe emporzusteigen begann und rief: »Faethor, wann nehme ich meine Pflichten auf? Oder hast du es dir anders überlegt und hältst mich für zu gefährlich, um mich freizulassen?«

Faethors Schritte hielten inne. »Ich lasse dich heraus, wenn ich soweit bin«, kam seine gedämpfte Antwort von draußen. »Und wenn *du* soweit bist ...« Er lachte wieder leise, aber diesmal klang es kehliger, tiefer.

»Wie weit? Ich verdiene doch wohl eine bessere Behandlung als diese!« erklärte ich ihm. »Du hättest mir ein Mädchen mitbringen sollen. Mit einem Mädchen kann man mehr anstellen, als sie lediglich aufzuessen!«

Einen Augenblick lang war es still, dann sagte er: »Wenn du dein eigener Herr bist, kannst du dir nehmen, was du willst.« Seine Stimme klang nun kälter. »Aber ich bin keine Katzenmutter, die für ihre Jungen Mäuse fängt. Mädchen, Junge, Ziege – Blut ist Blut, Thibor. Und was Leidenschaft betrifft, hast du später genug Zeit dafür, wenn du erst die wirkliche Bedeutung dieses Wortes verstehst. Für den Augenblick ... schone deine Kräfte.« Und damit ging er.

Ehrig hatte mittlerweile den Korb genommen und drückte sich damit an mir vorbei. Ich versetzte ihm einen Schlag, der ihn unter Protesten zu Boden warf. Dann betrachtete ich die verängstigten Tiere und runzelte die Stirn. Doch ... ich hatte Hunger und Fleisch ist Fleisch. Ich war noch nie besonders wählerisch gewesen, und diese Vögel waren fett. Und außerdem raubte mir der Vampir in meinem Inneren jeden Sinn für Konventionen und gute Sitten. Was bedeutete die Zivilisation schon noch für mich? Ich war ohnehin immer zu zwei Dritteln ein Barbar gewesen!

Ich aß, genau wie mein Hund Ehrig. Ja, und später, als wir schliefen, aß auch mein »Cousin« ...

Beim nächsten Mal, als ich aufwachte – voller Energie und vom Essen gestärkt – sah ich das Ding, dieses hirnlose Wesen aus Vampirfleisch, das sich in der dunklen Erde unter dem Fußboden verbarg. Ich weiß nicht, was ich erwartet hatte. Faethor hatte Ranken erwähnt, die sich durch die Erde zogen wie Wurzelausläufer. Und so wirkte es auch. Zumindest zum Teil.

Ein wenig wie ein glitschiger Oktopus aus dem Meer, so sah jene Kreatur aus, die aus dem kleinen Finger Faethors erwachsen war, genährt vom Fleisch des Zigeuners Arvos. Ich kann jedoch nichts über seine Größe aussagen. Nur – wenn man den Körper eines Mannes zu einer teigigen Masse ausrollt, wird er sich sehr lang hinstrecken. Arvos' Körpermasse war einfach verformt worden.

Die ins Leere greifenden »Hände«, die jene Kreatur ausstreckte, waren auf jeden Fall sehr dünn. Es waren viele, und Kraft besaßen sie durchaus. Die Augen waren noch fremdartiger: Sie bildeten sich und verflossen wieder, kamen und gingen, sie glotzten und blinzelten, und dennoch weiß ich nicht, ob sie wirklich sahen. Ich hatte sogar das Gefühl, sie seien blind. Oder vielleicht sahen sie auf die gleiche Weise wie neugeborene Kinder – blickten, ohne zu verstehen.

Als sich eine dieser Hände hob und mir näherte, fluchte ich laut und trat sie weg. Und wie sie außer Sicht schnellte! Wie sich das bei jemand anderem verhalten hätte, weiß ich nicht, aber auf jeden Fall nahm sich das Vampir-Ding vor mir in acht! Möglicherweise spürte es, daß ich eine höhere Form von ihm selbst darstellte. Und ich erinnere mich, daß dieser Gedanke mich zu jener Zeit schaudern ließ.

Faethor war verschlagen, schlau wie ein Fuchs und schlüpfrig wie ein Aal. So schätzte ich ihn in meiner Ohnmacht und Frustration ein. Natürlich entsprach er diesem Bild; er war ja schließlich ein Wamphyri! Ich durfte nichts anderes von ihm erwarten. Und – er entging jeder Falle, die ich ihm stellen mochte. Ich verbrachte Stunden damit, hinter der Eichentür auf ihn zu lauern, Ketten in den Händen, und wagte kaum zu atmen, damit er mich nicht hörte. Ach! Und kaum schlief ich einmal, erwachte ich vom Quieken eines Ferkels oder vom Flattern einer Taube. Und so vergingen Tage, vielleicht sogar Wochen ...

Ich muß es ihm lassen: Nach jenem ersten Mal ließ mich der alte Teufel nicht hungern. Heute glaube ich, diese Hungerperiode zu Beginn diente dazu, daß der Vampir sich in mir festsetzen konnte. Er fand keine weitere Nahrung und mußte sich auf das in meiner Haut gespeicherte Fett konzentrieren. Also mußte er voll und ganz zu einem Teil meines Körpers werden. In gleichem Maße blieb auch mir nichts anderes übrig, als von seiner Energie zu zehren. Doch sobald unsere Verbindung richtig fest geschlossen war, konnte Faethor damit beginnen, uns wieder aufzupäppeln.

Neben dem Essen stand gelegentlich auch ein Krug Rotwein. Zuerst dachte ich daran, wie mich der Ferenczy damals unter Drogen gesetzt hatte, und ich war vorsichtig. Ich ließ Ehrig als Ersten trinken und beobachtete seine Reaktion. Aber davon abgesehen, daß der Wein seine Zunge löste, konnte ich nichts bemerken. Also trank auch ich davon. Später gab ich Ehrig nichts mehr ab und behielt alles für mich. Und genau damit hatte der alte Teufel gerechnet!

Es kam der Zeitpunkt, als ich nach dem Essen sehr durstig war und einen Krug auf einmal leerte – und dann taumelte ich hin und her und brach schließlich zusammen. Wieder einmal vergiftet! Faethor machte ständig einen Narren aus mir. Doch diesmal half mir meine Vampirkraft. Ich klammerte mich an mein Bewußtsein, und während ich mich im Fieber hin und her wälzte, fragte ich mich, welchem Zweck das dienen solle. Ja, das fragst du dich auch, Harry? Höre einfach zu, und ich werde dir Faethors Absicht erklären!

»Mädchen, Junge, Ziege – Blut ist Blut, Thibor«, hatte er mir ja erklärt. »Blut ist Leben!« Stimmt, aber was er mir *nicht* gesagt hatte, war folgendes: Von allen Quellen der Glückseligkeit, der Unsterblichkeit, von allen Blumen, die Nektar fließen lassen, war der größte, der allerhöchste Genuß für jeden Vampir, das süße, rote Blut eines anderen Vampirs zu trinken! Und deshalb kam Faethor wieder zu mir, als ich der Droge in seinem Wein erlegen war.

»Was ich tue, dient zwei Zwecken gleichzeitig«, sagte er, während er sich über mich beugte. »Zum einen ist es lang, lang her, daß ich das Blut eines der Meinen trank, und ein großer Durst ist über mich gekommen. Zweitens: Du bist ein hartgesottener Bursche und unterwirfst dich nicht, ohne zu kämpfen. Nun, vielleicht zieht dir das deinen Stachel.«

»Was ... was hast du vor?« krächzte ich und versuchte unter Aufbietung aller Willenskraft meine bleiernen Arme zu heben, um ihn abzuwehren. Es war umsonst. Ich war schwach wie ein neugeborenes Kätzchen, und selbst meine Kehle vermochte kaum, Worte hervorzubringen.

»Was ich vorhabe? Nun, ich beginne gerade mein Abendessen!« antwortete er – offensichtlich voller Vorfreude. »Und was für ein Menü! Das Blut eines starken Mannes, gewürzt mit dem Blut eines jungen, heranwachsenden Vampirs in seinem Inneren!«

»Du ... du willst ... aus meiner Kehle trinken?« Ich starrte ihn entsetzt an. Sein Bild verschwamm vor meinem Blick.

Er lächelte nur, doch es war ein schreckliches Lächeln. Er riß mir mühelos mein Hemd vom Leib. Dann legte er diese langen, furchtbaren Hände auf mich und begann mich zu befühlen, als suche er etwas. Er runzelte die Stirn, drehte mich auf die Seite, berührte mein Rückgrat, drückte fester zu und sagte: »Ha! Genau die richtige Stelle! Da ist er!«

Ich hätte mich gern seinen Händen entwunden, war jedoch nicht dazu in der Lage. Nur innerlich wand ich mich, und vielleicht sein Kind mit mir, aber nach außen hin schauderte ich lediglich. Ich versuchte, erneut zu sprechen, aber nun war auch das zu schwer für mich geworden. Meine Lippen bebten, und alles, was sich ihnen entrang, war ein Stöhnen.

»Thibor«, sagte der alte Teufel im Tonfall einer leichten Konversation, »du mußt noch viel lernen, mein Sohn. Über mich, über dich selbst, über die Wamphyri. Du bist dir so vieler Dinge noch nicht bewußt, nimmst jene Mysterien noch nicht wahr, die ich dir beschert habe. Doch was ich bin, sollst auch du werden. Und auch die Kräfte, die ich besitze, sollen dir gehören. Du hast bisher wenig gesehen und gehört – nun sieh hin und erlebe mehr!«

Er ließ mich so auf der Seite liegen und stützte meinen Kopf ein wenig, damit ich sein Gesicht sehen konnte. Seine magnetischen Augen hielten mich fest; ich war ein Fisch, von seinem Blick aufgespießt. Das verschwommene Bild vor meinen Augen klärte sich und bald sah ich besser als je zuvor. Mein Körper und meine Gliedmaßen mochten sich wie Blei anfühlen, doch mein Verstand arbeitete mit der Schärfe eines Messers. Meine Aufnahmefähigkeit funktionierte so gut, daß ich die Veränderung beinahe *fühlte*, die in dem Geschöpf vor sich ging, das sich über mich beugte. Faethor hatte aus einem unerfindlichen Grund irgendwie meine Wahrnehmungen geschärft, meine Sinne erweitert.

»Nun sieh her!« zischte er. »Beobachte!«

Faethors Gesichtshaut, sonst ohnehin schon großporig und unrein, begann sich rasch zu verwandeln. Während ich zusah, dachte ich: *Ich weiß immer noch nicht, wie er wirklich aussieht. Selbst jetzt werde ich es wohl nicht erfahren. Er will, daß ich ihn so sehe, wie er es wünscht!*

Seine Poren weiteten sich, wirkten nun wie Pockennarben, die sein Gesicht bedeckten. Seine sowieso schon mächtigen Kiefer verlängerten sich mit einem Geräusch wie von langsam zerreißendem Stoff, und seine ledrigen Lippen schürzten sich, bis statt seines Mundes nur noch hervorquellendes, rotes Zahnfleisch und gezackte, triefende Zähne zu sehen waren. Ich hatte Faethors Zähne bereits eingehend gemustert, doch niemals hatte ich sie so erlebt. Und die Verwandlung war noch nicht abgeschlossen.

Sie beschränkte sich auf seine Kiefer, die Zähne und auf die Alptraumkonturen seines Gesichts. Er hatte vorher bereits ein wenig wie eine übergroße Fledermaus gewirkt – oder manchmal wie ein Wolf, oder wie beides gleichzeitig – aber nun wurde die Ähnlichkeit immer überwältigender. Er war weder Fledermaus noch Wolf, sondern eine Kreatur wie eine Kombination aus beidem. Der Mensch Faethor war nur noch eine Hülle, wie eine Puppe, in der eine monströse Larve lauert. Doch jetzt war diese Hülle weit aufgebrochen.

Die Zähne wirkten wie schmale, gekrümmte Eissplitter, die sich im roten Ozean seines Zahnfleisches aneinanderrieben. Sein Maul blutete, das Fleisch brach auf, als diese schrecklichen Zähne wuchsen, sich wie gezackte Messer aus Kieferknochen nach oben schoben, die ihrerseits das klaffende Fleisch durchbrachen und so zu mächtigen, feucht glänzenden, knorpeligen Trägern wurden, die wie eine aus Knochen gebildete Bärenfalle aussahen. Wie ich so in diesen Schlund blickte, hinter dem der Rest seines Gesichts zwergenhaft wirkte, war ich mir bewußt, daß sich dieses Maul um mein gesamtes Gesicht herum schließen und meine Haut bis auf die blanken Schädelknochen verschlingen konnte. Doch das beabsichtigte er nicht.

Die gelben Augen brannten über dem platten Nasenrücken und den geblähten Nüstern. Er lachte gurgelnd, während sich seine oberen Eckzähne weiter verlängerten. Wie blutige Stoßzähne ragten sie nun beinahe über den langen Unterkiefer hinaus. Fast war die Verwandlung beendet, und Faethor wirkte jetzt wie die Kreuzung eines Säbelzahntigers mit einer Fledermaus. Bevor er mich endgültig auf den Bauch drehte, sah ich, daß seine unglaublichen Fangzähne hohl waren und offensichtlich zum Saugen dienten.

Wie gelähmt konnte ich nur abwarten. Nicht einmal schreien. Und das Schlimmste war, daß ich ihn jetzt nicht mehr zu sehen vermochte! Doch ich spürte, wie seine routinierten Hände über meinen Rücken tasteten, spürte, wie sich plötzlich etwas in meinem Inneren erschrocken regte, etwas, das Faethor dort entdeckt hatte und das sich an mein Rückgrat klammerte. Oh, und dann fühlte ich, wie die großen Zähne des Ungeheuers mit der Wucht von Hammerschlägen meine Haut durchdrangen und meinen jugendlichen Parasiten festnagelten, so daß er sich in Pein wand. Seine Pein war auch meine, genau wie umgekehrt, und beide konnten wir sie nicht ertragen. Faethor hatte meine Empfindlichkeit erhöht, damit ich diesen exquisiten Schmerz auskosten konnte! Und das tat ich wahrlich, verdammt sei sein verkommenes Herz! Dann senkte sich Dunkelheit über mich.

Lange Zeit war ich ohne Bewußtsein.

Wofür ich, wie du dir vorstellen kannst, nicht undankbar war ...

Als ich wieder das Bewußtsein erlangte, glaubte ich zunächst, allein zu sein. Doch dann vernahm ich Ehrigs Wimmern aus einer dunklen Ecke – hörte ihn und erinnerte mich. An alles. Ich dachte an unsere Kameradschaft und an all die blutigen Schlachten, die wir Seite an Seite durchgestanden hatten. Ich dachte daran, daß er ein wirklicher Freund gewesen war, der sein Leben für meines gegeben hätte, wie ich meines für ihn.

Vielleicht erinnerte auch er sich daran und wimmerte deshalb so. Ich wußte es nicht. Mir war lediglich bewußt, daß Ehrig mir nicht zu Hilfe gekommen war, als der Ferenczy seine Zähne in meinen Rücken geschlagen hatte.

Einfach zu sagen, ich habe ihn nur durchgeprügelt, würde meiner Strafe für ihn nicht gerecht, aber ohne die Vampirmaterie

Faethors in seinem Körper wäre er mit Sicherheit gestorben. Möglicherweise versuchte ich sogar bewußt, ihn umzubringen, doch das kann ich nicht mehr sagen, weil meine Erinnerung daran mittlerweile sehr verschwommen ist. Ich weiß nur noch: Als ich mit ihm fertig war, spürte er meine Schläge bestimmt nicht mehr, und ich selbst war völlig erschöpft. Doch selbstverständlich heilten seine Wunden wieder, genau wie meine eigenen. Und ich entwickelte eine neue Strategie.

Danach ... wechselten sich Schlaf, Wachen, Essen endlos ab. Nach außen hin bestand mein Leben aus nichts anderem. Aber für mich bedeutete es außerdem Warten, und geduldiges, schweigendes Pläneschmieden. Und was den Ferenczy betraf, so bemühte er sich, mich wie einen wilden Hund zu dressieren.

Es begann folgendermaßen: Er kam auf leisen Sohlen an die Tür geschlichen, um zu lauschen. Eigenartigerweise wußte ich genau, wenn er da war. Ich empfand nämlich mit einem Mal Furcht! Und wenn dieses Gefühl mich überfiel, war er da. Manchmal spürte ich, wie er an den Rändern meines Verstands herumgrabschte und sich bemühte, in meine Gedanken einzudringen. Ich erinnerte mich, daß er sich mit dem alten Arvos über einige Entfernung hinweg verständigt hatte, und ich tat alles, um ihm meine Gedanken zu verschließen. Ich glaube, mit Erfolg, denn danach empfand ich eine Frustration, die nicht aus mir selbst stammte.

Er benutzte zu seiner Dressur Belohnungen: War ich »gut« und gehorchte ihm, gab es zu Essen. Er rief durch die geschlossene Tür: »Thibor, ich habe hier zwei schöne Ferkel!«

Wenn ich erwiderte: »Aha! Deine Eltern sind zu Besuch gekommen!« nahm er einfach das Essen wieder mit. Doch sagte ich: »Faethor, mein Vater, ich verhungere! Bitte gib mir zu Essen, denn ansonsten müßte ich diesen Hund aufessen, den du mit mir hier unten eingesperrt hast. Und wer sollte mir dann dienen, wenn du dich draußen in der weiten Welt befindest und ich deine

Ländereien und die Burg führen muß?« Dann öffnete er die Tür einen Spalt breit und legte meine Speisen innen ab. Stand ich jedoch zu nah an der Tür, bekam ich drei oder vier Tage lang weder Faethor, noch irgendwelche Speisen zu sehen.

Und so wurde ich eben »schwächer«, fluchte immer seltener und begann immer häufiger zu betteln. Nach Essen, nach Bewegungsfreiheit, wenigstens innerhalb der Burg, nach Licht und frischer Luft, nach Wasser, um ein Bad zu nehmen – aber vor allem darum, von Ehrig getrennt zu werden, den ich nun verabscheute, wie ein Mann seine eigenen Exkremente verabscheut. Darüber hinaus tat ich so, als würde ich physisch immer schwächer, »schlief« länger und wachte nur schleppend auf.

Schließlich kam der Zeitpunkt, da Ehrig mich nicht mehr aufzuwecken vermochte. Und wie der Hund dann an die Tür trommelte und nach seinem wahren Herrn schrie! Faethor kam, sie trugen mich nach oben bis zu den Zinnen über dem Saal, wo die Burg sich über die Felskluft spannte. Dort legten sie mich nieder, in der frischen Luft unter den ersten Sternen dieser Nacht, blassen, geisterhaften Lichtpunkten am Himmel, den ich so lange nicht mehr gesehen hatte. Sonnenschein lag wie eine trübe Blase auf den fernen Bergen. Die letzten Strahlen erleuchteten die Felsnadeln hinter den Türmen der Burg.

»Er braucht wahrscheinlich nur frische Luft«, sagte Faethor. »Vielleicht ist er auch halb verhungert! Aber du hast recht, Ehrig – er scheint schwächer zu sein, als er sollte. Ich wollte lediglich seinen Willen in geringem Maße brechen, jedoch nicht den Mann selbst. Ich besitze Pülverchen und Salze, die ihn wieder zu sich bringen sollten. Warte hier und ich hole etwas. Und behalte ihn im Auge!«

Er verschwand durch eine Falltür nach unten. Ehrig kauerte sich zu seiner Wache nieder. Ich beobachtete alles durch dreiviertel geschlossene Augen. Und in dem Augenblick, als Ehrigs Aufmerksamkeit nachließ, war ich auch schon über ihm und griff an. Mit einer Hand drückte ich ihm die Kehle zu, mit der anderen zog ich eine Lederschnur aus der Tasche, die ich vorher aus meinem Schnürstiefel entfernt hatte. Ich hatte sie an sich für des Ferenczys Hals vorgesehen – aber egal.

Ich schloß meine Beine um Ehrig, damit er zu treten aufhörte, zog ihm die Lederschlinge um den Hals fest, noch eine zweite Schleife, weil sie lang genug war, und dann verknotete ich sie. Halb erstickt bemühte er sich, auf die Beine zu kommen, aber ich schmetterte seinen Kopf derart hart gegen die Steinbrüstung, daß ich spürte, wie seine Schädelknochen barsten. Er erschlaffte und ich ließ ihn auf die Holzbohlen des Dachbodens sinken.

In dem Augenblick wandte ich der Falltür den Rücken zu, und natürlich wählte der Ferenczy genau diesen Zeitpunkt, um zurückzukehren. Zischend vor Wut sprang er leichtfüßig wie ein junger Mann hoch, doch seine Hände waren wie Eisenklammern, als er mich am Haar packte und mit der anderen Hand zwischen Hals und Schulter. Ach, aber so stark er auch war, der alte Faethor war ein wenig aus der Übung! Und die Erinnerung an meine Kampferfahrung war so frisch wie meine letzte Schlacht gegen die Petschenegen.

Ich trieb ihm mein Knie in den Unterleib und rammte meinen Kopf so hart nach oben gegen seinen mächtigen Unterkiefer, daß ich laut und deutlich vernahm, wie seine Zähne aufeinanderschlugen und brachen. Er ließ mich los und fiel zu Boden, wo ich sofort auf ihn sprang. Doch in dem Maße, wie sein Zorn wuchs, wuchsen auch seine Kräfte. Er rief den Vampir in seinem Inneren zu Hilfe, und dann schleuderte er mich beiseite wie einen Ballen Stroh. Einen Augenblick später war er wieder auf den Beinen, spuckte abgebrochene Zähne aus und fluchte, während er mir hinterherglitt.

Mir war klar, daß ich ihn nicht schlagen konnte, jedenfalls nicht unbewaffnet, wie ich war, und so blickte ich mich in der Dämmerung rasch nach einer Waffe um. Und fand mehrere.

An den hinteren Zinnen hingen in verschiedenen Winkeln eine Reihe runder Bronzespiegel. Zwei oder drei von ihnen fingen auch jetzt noch die letzten schwachen Sonnenstrahlen auf und sandten ihre Reflexionen hinunter ins Tal. Die Signalanlage des Ferenczy! Arvos, der Zigeuner, hatte behauptet, der Ferenczy halte nicht viel von Spiegeln oder Sonnenschein, aber ich war nicht sicher, was er damit gemeint hatte, obwohl ich mich an irgendetwas in der Art erinnerte, was man sich am Lagerfeuer erzählt hatte. Auf jeden Fall hatte ich kaum eine Wahl. Sollte Faethor wirklich auf diese Weise verwundbar sein, gab es nur eine Methode, um dies herauszufinden.

Bevor er mich erreicht hatte, rannte ich quer über das Dach, wobei ich mich bemühte, brüchig wirkende Bohlen zu meiden. Er rannte wie ein großer Wolf mit weiten Sätzen hinter mir her, blieb aber auf der Stelle stehen, als ich einen Spiegel aus seiner Halterung riß und mich zu ihm umwandte. Seine gelben Augen weiteten sich erschrocken. Er bleckte seine Zähne, zischte, und die gespaltene Zunge huschte wie ein roter Blitz zwischen den Reihen spitzer Zähne hin und her.

Ich hielt den »Spiegel« in Händen und erkannte sofort, was er wirklich war: ein stabiler Bronzeschild, wahrscheinlich ziemlich alt. Er hatte auf der Rückseite einen Griff. Ja, und ich wußte sehr genau, wie man ihn gebrauchte. Hätte er nur einen Schilddorn zum Zustoßen auf der Außenseite gehabt! Dann fing sich unversehens ein verirrter Sonnenstrahl auf der blank polierten Oberfläche, und die Reflexion traf genau Faethors wutverzerrtes Gesicht. Und nun wußte ich, was Arvos gemeint hatte.

Der Vampir wand sich vor diesem feurigen Strahl weg, krümmte sich, riß die Spinnenhände vor das Gesicht und trat einen Schritt zurück. Ich habe noch nie eine günstige Gelegenheit verstreichen lassen. So verfolgte ich ihn, schlug ihm den Schild ins Gesicht, trat ihm erneut mehrmals in den Unterleib und drängte ihn weiter zurück. Und jedesmal, wenn er mich dennoch angreifen wollte, lenkte ich den reflektierten Sonnenstrahl auf sein Gesicht, damit er keine Gelegenheit hatte, neue Kräfte zu mobilisieren.

Auf diese Weise zwang ich ihn zum Rückzug über das Dach – mit Tritten und Schlägen und blendenden Sonnenstrahlen. Einmal brach einer seiner Füße durch eine verrottete Dachbohle, aber er riß ihn schnell heraus und fuhr fort, sich vor mir zurückzuziehen. Er schäumte vor Wut. Und so stand er schließlich mit dem Rücken zu den Zinnen, und dahinter befanden sich nur viele Meter dünne Luft, dann der Rand der Kluft und sechshundert Meter steil abfallenden Hanges, der von dicht beieinander stehenden Kiefern bedeckt war. Drunten am Grund schlängelte sich das Bett eines Gebirgsbaches einher. Es war ein Alptraum für jeden, der Höhenangst empfindet.

Faethor blickte in den Abgrund, und dann sah er mich mit feurigen Augen an – war das Angst in seinem Blick? Und genau in diesem Augenblick sank die Sonne über den Rand der Welt.

Die Veränderung war Faethor augenblicklich anzusehen. Die Dämmerung vertiefte sich, und der Ferenczy schwoll an wie ein großer, aufgeblähter Giftpilz! Sein Gesicht verzog sich zu einer Grimasse des Triumphes – die ich ihm mit einem letzten vernichtenden Schlag mit dem Schild gründlich verdarb.

Und er kippte über die Brüstung nach hinten weg.

Ich konnte nicht glauben, daß ich ihn erwischt hatte. Es schien wie ein Trugbild. Und während er noch stürzte, klammerte ich mich an die Zinnen und spähte ihm hinterher. Dann geschah ... etwas Seltsames. Er fiel wie ein dunkler Fleck auf die tiefere Dunkelheit im Tal zu. Doch einen Moment später änderte sich die Form des Flecks. Ich bildete mir ein, etwas wie ein gewaltiges ... Strecken ... zu hören, wie das Knacken riesiger Knöchel, und die Gestalt, die auf die Bäume und den Talgrund zuraste, schien sich wie eine große Decke zu entfalten. Sie fiel nicht mehr so rasch und auch nicht mehr senkrecht nach unten. Statt dessen schien sie wie ein Blatt zu gleiten, weg von den Burgmauern und ein Stück hinaus über die Kluft.

Jetzt dämmerte mir, daß ein Faethor im Vollbesitz all seiner Kräfte tatsächlich von diesen Zinnen hinausgeflogen wäre; nicht wie ein Vogel, doch wie eine Fledermaus. Aber ich hatte ihn überrascht, und in seinem Schreck hatte er wertvolle Momente verloren. Zu spät hatte er die Fähigkeit zur Veränderung in seinem Körper abgerufen, hatte sich wie eine Flunder platt gemacht, um seinen Körper als Segel zu benutzen. Zu spät, denn während ich fasziniert zusah, schlug er auf einen hoch stehenden Ast. Dann sah ich nur noch ein dunkles Gewirr, hörte das Krachen brechenden Geästs, und der Fleck war verschwunden. Es krachte noch einige Male, dann ein Schrei und ein endgültiger dumpfer Aufschlag aus der Tiefe. Und Stille ...

Ich stand lange Zeit in der sich vertiefenden Dämmerung und lauschte. Nichts.

Und dann lachte ich. Oh, wie ich lachte! Ich stampfte mit den Füßen auf und klatschte mit beiden Händen auf die Brüstung. Ich hatte den alten Bastard erwischt, den alten Teufel. Ich hatte ihn tatsächlich erledigt!

Das Lachen verging mir: Sicher, ich hatte ihn von der Burgmauer gestoßen. Aber ... war er wirklich tot?

Panik erfaßte mich. Ich wußte, wie schwer es war, ausgerechnet einen Vampir zu töten. Der Beweis befand sich hier auf dem Dach neben mir, in Gestalt des gurgelnden, zuckenden Ehrig. Ich eilte zu ihm hinüber. Sein Gesicht war blau angelaufen, und die Lederschnur hatte sich tief in sein Fleisch eingeschnitten. Sein Schädel, dessen hinteren Teil ich gegen die Mauer geschmettert und gebrochen hatte, war bereits wieder hart. Wie lang, bevor er wieder aufwachen würde? Ich konnte ihm auf keinen Fall vertrauen. Nein, ich stand ganz allein da.

Rasch trug ich Ehrig ins tiefe Innere der Burg, zurück in unsere Zelle an der Wurzel eines der Türme. Dort legte ich ihn ab und versperrte die Tür. Vielleicht würde der dreckige Vampir unter der Erde ihn finden und verschlingen, bevor er sich vollständig erholte. Ich wußte es nicht, und es war mir auch egal.

Dann eilte ich durch die Burg nach oben, zündete Lampen und Kerzen an, wo immer ich welche vorfand und erleuchtete den düsteren Ort, wie er wohl seit hundert Jahren nicht mehr erhellt worden war. Vielleicht hatte die Burg sogar noch niemals derart gestrahlt wie jetzt, da ich ihr das Licht brachte.

Es gab zwei Eingänge: Zum Einen konnte man über die Zugbrücke und durch jenes Tor eintreten, das ich benutzt hatte, als ich, von Faethors Wölfen begleitet, hier eintraf, und dieses verbarrikadierte ich nun. Der andere Eingang führte von einem schmalen Felsvorsprung an der Rückseite in die Burg. Dort schritt man über eine überdachte Holzbrücke bis zu einem Fenster in der Mauer des zweiten Turms. Zweifellos war dies der Fluchtweg des Ferenczys gewesen, wann immer er einen solchen benötigt haben sollte – wahrscheinlich noch gar nicht. Doch wenn man auf diesem Weg nach draußen kam, kam man auch hinein. Also suchte ich nach Öl, goß es auf die Planken, entzündete es und wartete so lange, bis die Brücke hell loderte.

Ich blieb an anderen Fensteröffnungen oder Schießscharten stehen, um in die Nacht hinauszublicken. Zuerst sah ich lediglich Mond und Sterne, graue Wolkenfetzen, und unten das silbrig beleuchtete Tal, über das die Wolken gelegentlich schnell vorüberziehende Schatten warfen. Doch während ich mich weiterhin bemühte, die Burg abzusichern und immer noch heller zu erleuchten, wurde mir bewußt, daß sich einiges in der Umgebung zu rühren begann. Ein Wolf heulte schaurig in der Ferne, dann näher, und dann waren es viele Wölfe, die ihr Lied in die Nacht heulten. Die Bäume in der tiefen Kluft waren nun pechschwarze Umrisse, die drohend wie der Eingang zur Unterwelt wirkten.

Im ersten Turm fand ich einen mit Schloß und Riegel versperrten Raum vor. Vielleicht eine Schatzkammer? Ich schob die

Riegel zurück, hob den Sperrbalken an und drückte mit der Schulter gegen die Tür. Doch sie blieb verschlossen. Ich legte ein Ohr an die Eichenbohlen und lauschte: Drinnen machten sich leise Geräusche bemerkbar, und ein ... Flüstern?

Vielleicht war es ganz gut so, daß die Tür abgeschlossen war. Möglich, daß sie niemanden am Eintreten, sondern das, was sich da drinnen befand, an der Flucht hindern sollte!

Ich klomm zu dem Saal empor, in dem mich Faethor vergiftet hatte, und dort lagen meine Waffen, wie ich sie zuletzt gesehen hatte. Außerdem nahm ich eine mächtige Axt mit langem Stiel von der Wand. Dann – bis an die Zähne bewaffnet – kehrte ich zu dem verschlossenen Raum zurück. Ich spannte meine Armbrust, legte sie gleich neben mich steckte die Spitze meines Schwerts in einen Spalt im Fußboden, so daß ich es blitzschnell packen konnte, und dann schwang ich mit beiden Händen die Axt in einem gewaltigen Streich, um die Tür zu sprengen. Das einzige, was ich damit bewirkte, war, ein schmales Brett herauszuschlagen, aber durch die Wucht des Schlags fiel ein rostiger Eisenschlüssel, den ich nicht erspäht hatte, von seinem Versteck auf dem Sims über der Tür herunter.

Der Schlüssel paßte. Ich wollte ihn gerade im Schloß herumdrehen, als ...

Die Wölfe gerieten völlig in Aufruhr! Sie heulten so laut, daß ich den Lärm bis hier unten hören konnte. Irgendetwas war geschehen ...

Ich ließ die Tür ungeöffnet, nahm meine Waffen an mich und rannte die Wendeltreppe zu den oberen Stockwerken empor. Um die gesamte Burg herum heulten nun die Wölfe, aber am lautesten an der Rückseite. Nach kurzer Zeit erreichte ich die brennende Brücke, und zwar gerade in dem Moment, als sie sich löste und lodernd in den schwarzen Abgrund stürzte. Und dort, auf dem Felsvorsprung an der anderen Seite, drängten sich Faethors Wölfe – das ganze Rudel.

Hinter ihnen im Schatten der Klippe ... war das der Ferenczy selbst? Die Härchen in meinem Nacken sträubten sich. Falls er das war, stand er dort gebeugt, wie ein eigenartig verzerrter Schatten. Hatte er sich beim Absturz das Rückgrat gebrochen? Ich nahm meine Armbrust zur Hand, doch als ich wieder hinüberblickte, war er weg. Vielleicht hatte er ja auch nie dort gestanden. Die Wölfe allerdings waren real genug, und nun stand ihr Rudelführer, ein wahrer Riese an Gestalt, am Rande des Vorsprungs mir gegenüber.

Es wäre ein Sprung von etwa neun Metern gewesen, aber nur mit einem langen Anlauf möglich. Und kaum stellte ich mir den Sprung vor, da zogen sich die anderen Wölfe in den Schatten an der Felswand zurück und machten dem Leitwolf Platz. Er rannte ein Stück zurück, drehte sich um, nahm Anlauf und wagte tatsächlich den Sprung. Doch in der Luft traf ihn der Bolzen meiner Armbrust direkt ins Herz. Immer noch knurrend, aber bereits tot, schlug er schwer auf den Rand der Fensteröffnung und stürzte in die Dunkelheit hinab. Und als ich aufblickte, hatte sich das Rudel verzogen.

Ich wußte jedoch, daß der Ferenczy nicht so schnell aufgeben würde.

Ich ging hinauf zu den Zinnen, stöberte dort Steinkrüge voller Öl auf und Kessel, die auf Kippständern lagen. Ich legte Brand an die Feuerpfannen unter den Kesseln, füllte jeden zur Hälfte mit Öl und ließ sie vor sich hin köcheln. Dann erst kehrte ich zu dem verschlossenen Raum zurück.

Als ich näher trat, wand sich eine Hand, schlank, weiblich, durch das Loch, das ich in die eine Bohle geschlagen hatte, und bemühte sich verzweifelt, von dort aus den Schlüssel zu erreichen, der immer noch im Schloß stak. Was? Eine Gefangene? Eine Frau? Doch dann fiel mir wieder ein, was Arvos über den Haushalt des Ferenczy gesagt hatte: »Diener? Leibeigene? Er hat keine. Vielleicht ein oder zwei Frauen, aber keine Männer.« Da schien es einen Widerspruch zu geben. Wenn diese Frau seine Dienerin war, warum sie dann einsperren? Zu ihrer eigenen Sicherheit, während sich ein Fremder im Haus befand? Das schien mehr als unwahrscheinlich!

Zu *meiner* Sicherheit?

Ein Auge blickte mich von drinnen an. Ich vernahm, wie jemand nach Luft schnappte, und dann wurde die Hand zurückgezogen. Ohne weiter abzuwarten drehte ich den Schlüssel vollends um und stieß die Tür mit dem Fuß auf.

Ja, es waren zwei. Und sie waren bestimmt einmal gut aussehende Frauen gewesen.

»Wer ... wer seid Ihr?« Eine von ihnen näherte sich mir mit einem eigenartigen, leichten Lächeln. »Faethor sagte nichts davon, daß jemand ...« Sie glitt näher und musterte mich offensichtlich fasziniert. Ich erwiderte ihren Blick. Sie war abgemagert wie ein Gespenst, doch in ihren tief eingesunkenen Augen loderte ein Feuer ...

Ich sah mich in dem Zimmer um. Ein Teppich von einheimischer Webart bedeckte den Boden. Alte, mottenzerfressene Wandbehänge hingen an allen Wänden. Mehrere Liegen standen um einen Tisch herum. Es gab jedoch kein Fenster und kein anderes Licht als den gelben Schein von einem silbernen Kandelaber auf dem Tisch. Das Zimmer war dürftig eingerichtet, mit den anderen Räumen in der Burg verglichen, wirkte er jedoch geradezu üppig. Und verströmte ein Gefühl der Sicherheit.

Die andere Frau lag in aufreizender Haltung auf einer Couch. Sie blickte mich hitzig an, doch ich ignorierte sie. Die Erste glitt noch näher zu mir heran. Ich raffte mich auf und hielt sie mir mit der Spitze meines Schwertes vom Leib. »Rührt Euch nicht, verehrte Dame, oder ich spieße Euch augenblicklich auf!«

Sofort wurde sie wild, starrte mich wütend an, zischte böse und entblößte dabei nadelspitze Zähne. Nun erhob sich die zweite Frau mit katzenhaften Bewegungen von ihrer Couch. Sie standen mir drohend gegenüber, doch beide hüteten sich, meinem Schwert zu nahe zu kommen.

Dann sprach die Erste wieder, und ihre Stimme war hart und kalt wie Eis: »Was ist mit Faethor? Wo ist er?«

»Euer Herr und Meister?« Ich schob mich rückwärts aus der Tür. Offensichtlich waren die beiden Vampire. »Er ist weg. Ihr habt jetzt einen neuen Herrn – mich!«

Ohne Vorwarnung ging die Erste auf mich los. Ich ließ sie kommen und schlug ihr dann den Knauf meines Schwerts gegen die Schläfe. Sie brach in meinen Armen zusammen, und ich schleuderte sie hinter mich nach draußen. Dann stieß ich die Tür zu, bevor die andere heran war. Geschwind legte ich Balken und Riegel vor, schloß ab und steckte den Schlüssel ein. Drinnen zischte und wütete die Vampirfrau. Ich nahm ihre betäubte Schwester auf die Arme, trug sie zum Kerker und warf sie in die Zelle.

Ehrig kroch heran. Irgendwie hatte er es fertig gebracht, die Schnur um seinen Hals zu beseitigen. Die Haut dort war nun weiß und dick geschwollen und wirkte, als habe ein Messer sie rundum aufgeschnitten. Sein Hinterkopf war ebenfalls eigenartig verformt, wie der einer Mißgeburt. Er konnte kaum sprechen, und sein Verhalten wirkte kindisch wie das eines Deppen. Vielleicht hatte ich sein Gehirn beschädigt, und der Vampir in ihm war noch nicht in der Lage gewesen, den Schaden zu korrigieren.

»Thibor!« krächzte er überrascht. »Thibor, mein Freund! Der Ferenczy – hast du ihn getötet?«

»Verräterischer Hund!« Ich trat nach ihm. »Hier, vergnüge dich damit!«

Er stürzte sich auf die Frau, die stöhnend am Boden lag. »Du hast mir verziehen!« rief er glücklich.

»Nicht jetzt und auch in Zukunft nicht!« antwortete ich. »Ich lasse sie hier, weil sie überzählig ist. Genieße sie, so lange du noch kannst.« Als ich die Tür von außen verbarrikadierte, riß er sich – und ihr – bereits die schmutzigen Kleider vom Leib.

Während ich jetzt die Wendeltreppe wieder erklomm, hörte ich erneut die Wölfe heulen. In ihren Stimmen schwang ein gewisser Triumph mit. Was war geschehen?

Wie ein Verrückter rannte ich durch die Burg. Das massive Tor am Fuß des Turms war gesichert, und die Brücke hatte ich verbrannt – wo würde Faethor es nun versuchen? Ich eilte hinaus zu den Zinnen – gerade noch rechtzeitig!

In der Luft über der Burg schwärmten unzählige winzige Fledermäuse durcheinander. Ich entdeckte sie, wie sie sich vor dem Mond abzeichneten; Myriaden von ihnen, und ihre Stimmen klangen schrill und durchdringend. Würde der Ferenczy auf diese Art angreifen: wie eine riesige Fledermaus, eine fleischige Decke, die sich aus dem Himmel und der Nacht herabsenkte und mich erdrückte? Ich zog mich unwillkürlich zurück und blickte furchtsam hinauf in das Gewölbe des nachtschwarzen Himmels. Aber nein, bestimmt nicht; sein Sturz hatte ihn verwundet hinterlassen, und so schnell konnte er sich derartigen Anstrengungen nicht unterziehen. Es mußte einen anderen Weg herein geben, den ich noch nicht kannte

Ich ignorierte die Fledermäuse, die sich in ganzen Wellen auf mich stürzten, mir jedoch nicht so nahe kamen, daß sie mich verletzen oder ernsthaft behindern konnten, ging zur Außenmauer und schaute hinab. Ich weiß nicht, was mich dazu verführte, denn ein bloßer Mann war nicht in der Lage, eine senkrechte Mauer wie diese empor zu klettern. Welch ein Narr ich war: Der Ferenczy war alles andere als ein bloßer Mann!

Und da war er. Eng an die Wand gedrückt arbeitete er sich quälend langsam, wie eine riesige Eidechse, die Mauer empor. Ja, wie eine Eidechse! Seine Hände und Füße waren tellergroß, und wo er sie gegen die Mauer klatschte, saugten sie sich fest! Bis ins Mark erschüttert blickte ich angestrengt hinunter. Er hatte mich noch nicht entdeckt. Er stöhnte leise, und seine mächtige runde Hand verursachte ein schmatzendes Geräusch, als sie sich von der Mauer löste und nach oben griff. Seine Finger waren lang wie Dolche und wiesen Schwimmhäute auf! Hände wie diese konnten einem Mann das Fleisch von den Knochen reißen, als rupften sie ein Huhn!

Ich blickte mich wild um. Die blubbernden Ölkessel standen an den Mauerenden, wo sich die Türme aus dem großen Saalbau erhoben. Zurecht, denn wer konnte sich schon vorstellen, daß ein Mann unter den vorstehenden Zinnen heraufklettern mochte, nichts als den Abgrund und damit den sicheren Tod unter sich?

Ich hastete zum nächsten Kessel und legte meine Hände auf dessen Rand. Schmerz durchzuckte mich! Das Metall war heiß wie die Hölle!

Ich nahm meinen Schwertgürtel ab und steckte ihn durch das Metallgestell, in dem der Kessel zum Kippen bereithing, zog dann Gestell und Kessel von der Stelle und hinüber, wo ich eben noch gestanden hatte. Öl schwappte über und tränkte meinen Stiefel. Ein Fuß des Gestells brach durch eine morsche Planke, und ich mußte innehalten, um ihn wieder zu befreien. Die gesamte Gerätschaft ruckte und bebte, weil der Boden so uneben war, und ich wußte, daß Faethor die Geräusche hörte und vermutlich erriet, was ich vorhatte. Doch endlich hatte ich den Kessel am rechten Platz stehen, genau über dem Fleck, an dem ich ihn erspäht hatte.

Ich blickte furchtsam über die Brustwehr, und eine mächtige grabschende Pfote griff über den Rand hoch, verfehlte mein Gesicht nur um Handbreite, klatschte herab und packte die Mauerkappe!

Wie ich vor Angst wimmerte! Doch ich warf mich auf den so mühsam herangeschleppten Apparat, zerrte heftig am Hebel und sah, wie sich der Kessel zur Außenmauer hin neigte. Öl spritzte heraus und rann die Seite des Kessels herab. Ich berührte aus Versehen die heiße Kohlepfanne und mein Stiefel fing zu brennen an.

Das Gesicht des Ferenczys hob sich über den Mauerrand. In seinen Augen spiegelten sich die züngelnden Flammen. Seine Zähne, mittlerweile wieder vollständig, waren wie schimmernd weiße Knochendolche vor dem klaffenden Schlund, während diese zuckende Karikatur einer Zunge über sie hinwegleckte.

Kreischend riß ich am Hebel. Der Kessel kippte, und ein Ozean brennenden Öls ergoß sich auf ihn.

»NEIN!« krächzte er mit einer Stimme, die klang wie eine gesprungene Glocke. »NEIN-NEIN-NEEEIIIIIN!«

Das blau und gelb lodernde Ölfeuer beachtete ihn nicht und ignorierte seinen Aufschrei. Es schwappte über ihn hinweg und entzündete ihn wie eine Fackel. Er zog seine saugenden Hände von der Mauer und griff nach mir, doch ich duckte mich weg und war außerhalb seiner Reichweite. Dann schrie er erneut auf und warf sich von der Mauer fort ins Leere.

Ich sah zu, wie der Feuerball in die Dunkelheit hinauskurvte und sie taghell erleuchtete, und die ganze Zeit über riß der Schrei des Ferenczy nicht ab. Seine unzähligen Fledermaushelfer flatterten zu ihm hin, warfen ihre kleinen, weichen Körper gegen seinen, um die Flammen zu ersticken, aber der reißende Luftstrom besiegte ihre Bemühungen. Wie eine Fackel stürzte er hinab, und sein Schrei hallte zu mir empor wie eine rostige Klinge, die an meinen Nerven sägte. Auch lodernd versuchte er noch, seine Fluggestalt wiederzugewinnen, und erneut hörte ich dieses reißende und knatternde Geräusch. Ach, welch süße Schmerzen ihm das bereiten mußte, wenn seine knusprig gebratene Haut riß, statt sich zu spannen, und wenn das brennende Öl in diese Risse drang!

Und sogar in dieser Lage hätte er beinahe sein Ziel erreicht, begann bereits zu gleiten, und wie zuvor schlug er gegen einen Ast und stürzte sich überschlagend und krachend durch das Kieferngeäst und außer Sicht.

Ein paar Funken und Flammenzungen trieben durch die Luft,

eine geballte Masse versengter Fledermäuse stürzte hell kreischend hinter ihm her, und in der Luft lag der Geruch nach geröstetem Fleisch. Das war alles, was zurückblieb.

Ich war keineswegs überzeugt davon, daß ich ihn getötet hatte, doch zumindest würde er diese Nacht nicht mehr zurückkehren. Nun war es an der Zeit, meinen Sieg zu feiern.

Ich erstickte das Feuer, das sich in die trockenen Bohlen zu fressen begann, schloß die brennenden Kohlepfannen und schritt erschöpft hinunter zu den Wohnräumen Faethors. Dort fand ich guten Wein, an dem ich zunächst vorsichtig nippte. Dann trank ich in langen Zügen. Ich spießte mehrere Fasane auf, schnitt eine Zwiebel klein, nagte an trockenem Brot und trank wieder, bis die Vögel gar waren. Und dann genoß ich ein fürstliches Mahl! Es war wirklich gut und mein erstes nach langer Zeit, und dennoch ... irgendetwas fehlte. Ich wußte nicht zu sagen, was fehlte. Narr, der ich war, hielt ich mich noch immer für einen Mann!

Wenn ich auch natürlich in anderer Hinsicht durchaus noch ein Mann war! Ich nahm einen Steinkrug voll Wein mit und ging mit etwas unsicheren Schritten zu der Vampirin in dem verschlossenen Zimmer. Sie wünschte nicht, mich zu empfangen, doch ich verspürte keine Lust zu streiten. Ich nahm sie immer wieder her. Was mir auch in den Sinn kam, tat ich mit ihr. Erst als sie erschöpft einschlief, schlief auch ich.

Und so kam ich in den Besitz der Burg des Ferenczy.

VIERTES KAPITEL

Harry Keoghs Aura aus blauem Feuer leuchtete hell in der Lichtung der reglosen Bäume über Thibors eingestürztem Mausoleum, und Keogh war sich der Zeit nur zu bewußt, die bereits vergangen war. Im Möbius-Kontinuum war die Zeit ein nahezu bedeutungsloses Konzept, doch hier in den niedrigen Vorbergen der Carpatii Meridionali war sie äußerst real, und immer noch war die Geschichte des toten Vampirs nicht beendet. Der wichtigste Teil – jedenfalls für Harry, für Alec Kyle und INTESP – stand ihm noch bevor, doch Harry hütete sich, direkt nach dem zu fragen, was er wissen wollte. Es blieb ihm nichts anderes übrig, als Thibor dem Ende seiner Geschichte entgegenzutreiben.

»Mach weiter!« forderte er Thibor auf, als sich die Pause, die der Vampir einlegte, zu lang zu erstrecken schien.

Was? Weitermachen? Thibor klang leicht erstaunt. *Aber was sollte denn noch kommen? Meine Erzählung ist vorüber.*

»Ich würde aber gern auch noch den Rest hören. Bist du in der Burg geblieben, wie Faethor befohlen hatte, oder nach Kiew zurückgekehrt? Du hast dein Leben in der Wallachei genau hier unter diesen Kreuzhügeln beendet. Wie kam es dazu?«

Thibor seufzte. *Eigentlich ist es jetzt an der Zeit, daß du mir bestimmte Dinge mitteilst. Wir haben einen Handel vereinbart, Harry.*

Ich habe dich gewarnt, Harry Keogh! mischte sich die Geisterstimme Boris Dragosanis in das Gespräch ein, und sie klang schärfer als die Thibors. *Feilsche nie mit einem Vampir. Vergiß nicht, daß du es mit dem Teufel zu tun hast!*

Dragosani hatte recht, das war Harry klar. Er hatte schon genug über Thibors Listenreichtum gehört, und wie dieser es fertiggebracht hatte, Faethor Ferenczy zu besiegen. »Abgemacht ist abgemacht«, bestätigte er. »Wenn Thibor fertig ist, dann berichte ich. Also komm schon, Thibor, erzähle mir den Rest deiner Lebensgeschichte.«

Also gut, gab der Angesprochene nach. *Es geschah folgendermaßen ...*

Irgendetwas weckte mich. Ich bildete mir ein, das Brechen von Holz gehört zu haben. Mein Verstand und mein Körper waren taub von den nächtlichen Exzessen – von allen, und Faethor war nur der Beginn gewesen – doch trotzdem riß ich mich zusammen. Ich lag nackt auf der Couch dieser Vampirin. Sie lächelte mich eigenartig an, als sie jetzt von der Tür her zu mir herantrat. Sie hielt die Hände verdeckt hinter dem Rücken. Mein getrübter Verstand fand daran nichts Besonderes. Hätte sie zu entkommen versucht, wäre es ein Leichtes gewesen, mir den Schlüssel aus der Tasche zu holen. Doch als ich mich aufsetzen wollte, wandelte sich ihre Miene. Haß und Leidenschaft zeigten sich nun auf ihrem Gesicht. Es war nicht die eher menschliche Leidenschaft der vergangenen Nacht, sondern die unmenschliche Gier der Vampire.

Ihre Hände zuckten nach vorn – in der einen hielt sie einen langen Holzsplitter, den sie aus dem zerschlagenen Eichenbrett der Tür gerissen hatte. Ein scharfer Dolch aus Eichenholz!

»Du wirst mir keinen Pflock ins Herz rammen, Lady«, sagte ich zu ihr, schlug ihr den Stock aus der Hand und stieß sie zu Boden.

Während sie in einer Ecke kauerte und mich anzischte und fauchte, zog ich mich an, ging hinaus und verschloß die Tür hinter mir. In Zukunft mußte ich etwas vorsichtiger sein. Sie hätte ganz leicht entkommen können und das Tor zur Burg öffnen, damit Faethor herein konnte – falls er noch am Leben war. Offensichtlich war es ihr aber wichtiger gewesen, mich umzubringen, anstatt ihn zu unterstützen. Er war wohl ihr Herr gewesen, aber das mußte nicht bedeuten, daß sie es genossen hatte! Ich überprüfte meine Sicherheitsmaßnahmen innerhalb der Burg. Alles war, wie ich es hinterlassen hatte. Ich sah nach Ehrig und der anderen Frau. Zuerst glaubte ich, sie kämpften miteinander, doch schnell erkannte ich, daß dem nicht so war ...

Dann ging ich hinauf zur Brustwehr. Eine blasse Sonne spähte zwischen dunklen, regenschweren Wolken hindurch. Ich hatte das Gefühl, daß mich die Sonne finster anblicke. Das Brennen der schwachen Sonnenstrahlen auf meinen nackten Armen und meinem Hals war mir unangenehm, und bereits nach kurzer Zeit war ich froh, nach innen zurückkehren zu können. Und nun hatte ich Zeit, die ich dazu benutzte, um die Burg etwas genauer als bislang zu erforschen.

Ich suchte nach Beute und fand sie: etwas Gold, uralt, in Form von Tellern und Pokalen; einen Beutel mit Edelsteinen; eine kleine Truhe mit Ringen, Halsketten, Armreifen und ähnlichem, alles aus kostbaren Metallen gefertigt. Genug für mich, um lebenslang standesgemäß zu existieren.

Was den Rest der Burg betraf: leere Räume, rissige Wandbehänge und wurmstichige Möbel, eine Atmosphäre von Schwermut und Verfall. Es war bedrückend, und ich beschloß, mich sobald wie möglich wieder auf den Weg zu machen. Doch zuvor mußte ich mich davon überzeugen, daß der Ferenczy nicht irgendwo auf der Lauer lag.

Am Abend speiste ich an einem offenen Kamin in den Gemächern des Ferenczy und döste dann ein wenig. Als die Nacht sich hinzog, brachte sie beunruhigende Gedanken und Gefühle mit sich, die sich in meinem Hinterkopf festsetzten, ohne wirklich konkret zu werden. Die Wölfe waren wieder unterwegs, und ihr Heulen erschien mir unheilverkündend, doch fern. Fledermäuse waren nicht zu erkennen. Das Feuer schläferte mich ein ...

Thibor, mein Sohn, sagte eine Stimme. *Sei auf der Hut!*

Ich schreckte hoch, sprang auf und zog mein Schwert. *Oh? Ha, ha, ha!* lachte die Stimme – aber es war niemand zu sehen!

»Wer ist da?« rief ich, obwohl ich genau wußte, um wen es sich handelte. »Komm heraus, Faethor! Ich weiß, daß du hier bist!«

Du weißt gar nichts. Geh zum Fenster!

Ich blickte mich wild um. Der Raum war von Schatten erfüllt, die im Flackerschein des Feuers hüpften. Doch offenbar war ich allein. Dann wurde mir bewußt, daß ich die Stimme des Ferenczy nicht in dem Sinne »gehört« hatte, daß sie an meine Ohren gedrungen wäre. Sie war wie ein Gedanke in meinen Kopf geschlüpft, aber es war nicht *mein* Gedanke.

Geh zum Fenster, du Narr! befahl die Stimme erneut, und wieder fuhr ich zusammen.

In meinem Selbstvertrauen leicht erschüttert, schritt ich zum Fenster und zog den Vorhang zur Seite. Am Himmel kamen gerade die ersten Sterne heraus, der Mond stieg auf, und das unheimliche Heulen der Wölfe erscholl von fernen Gipfeln.

Sieh! Sagte die Stimme. *Sieh hin!*

Mein Kopf drehte sich, als lenke ihn ein fremder Wille. Ich blickte hinauf zum Kamm der Bergkette, der sich wie eine schwarze Silhouette vom noch immer leicht sonnendurchglühten Himmel abhob. Dort droben, in großer Entfernung, glitzerte etwas, fing die Sonnenstrahlen auf und lenkte sie auf mich zurück. Von dieser Lichtexplosion geblendet riß ich einen Arm hoch und taumelte nach hinten.

Ah! Ah! Wie es dich schmerzt, Thibor! Eine Probe deiner eigenen Medizin. Die Sonne, die einst dein Freund war. Doch nun nicht mehr.

»Es hat nicht wehgetan!« schrie ich ins Leere, trat wieder ans Fenster und hob meine geballte Faust gegen die Berge. »Es hat mich lediglich überrascht. Bist du das wirklich, Faethor?«

Wer denn sonst? Hast du geglaubt, ich sei tot?

»Ich wünschte dir den Tod an den Hals!«

Dann ist dein Wille zu schwach gewesen.

»Wen hast du bei dir?« fragte ich, und ich akzeptierte nun die Absonderlichkeit der Lage. »Deine Frauen jedenfalls nicht, denn die habe ich. Wer gibt nun die Signale mit deinen Spiegeln, Faethor? *Du* bist es sicher nicht, der den Sonnenschein lenkt!«

Wieder blitzte das Licht auf, doch ich trat zur Seite.

Die Meinen gehen immer mit mir, antwortete seine körperlose Stimme. *Sie tragen meinen versengten und geschwärzten Körper, bis er wieder geheilt ist. Diese Runde geht an dich, Thibor, doch die Schlacht ist keineswegs entschieden.*

»Du alter Bastard hast nur Glück gehabt!« prahlte ich. »Nächstes Mal wirst du nicht mehr soviel Glück haben.«

Höre mir nun zu. Er beachtete mein Gehabe gar nicht. *Du hast dir meinen Zorn zugezogen. Du wirst bestraft werden. Art und Härte der Strafe liegen bei dir selbst. Bleib da und hüte meine Ländereien, meine Burg und alles andere, das mir gehört, während meiner Abwesenheit, und vielleicht lasse ich Gnade walten. Verrätst Du mich ...*

»Was dann?«

Dann wirst du für alle Ewigkeit in der Hölle schmoren! Das schwöre ich, Faethor Ferenczy!

»Faethor, ich gehorche niemandem. Selbst wenn ich die Fähigkeit zu dienen besäße, würde ich dich niemals als meinen Herrn anerkennen. Das weißt du genau, denn ich habe mein Bestes gegeben, dich zu vernichten.«

Thibor, du verstehst immer noch nicht. Ich habe dir soviel gegeben, solche großen Kräfte! Ah, aber ich habe dir auch einige große Schwächen mitgegeben! Wenn gewöhnliche Menschen sterben, ruhen sie in Frieden. Die meisten jedenfalls ...

Das Letztere war als Drohung gemeint, das wußte ich. Sie lag in seinem Tonfall. Ein geflüstertes Verhängnis.

»Was meinst du damit?« fragte ich.

Verweigere dich mir, und du wirst es herausfinden. Das habe ich geschworen. Und nun leb wohl!

Und damit war er weg.

Der Spiegel blitzte noch einmal auf, wie ein strahlender Stern über dem fernen Bergkamm, und dann war auch der verschwunden.

Ich hatte von Vampiren die Nase voll, gleich ob männlich oder weiblich. Ich schloß meine Bettgenossin der vergangenen Nacht mit ihrer Schwester, Ehrig und dem Ding unter der Erde im Kerker ein und schlief auf einem Sessel vor dem Kamin in Faethors Gemächern. Mit Tagesanbruch würde mich nichts mehr davon abhalten, diesen Ort zu verlassen. Außer ... nun ja, es gab da noch ein paar Dinge zu erledigen, bevor ich ging. Der Ferenczy hatte Drohungen ausgestoßen, und ich war noch nie ein Mann gewesen, der so etwas nicht ernst genommen hätte.

Ich ging aus der Burg, schoß zwei fette Kaninchen mit meiner Armbrust und brachte sie zum Kerker hinunter. Ich zeigte sie Ehrig, sagte ihm, was ich vorhatte und daß er mir helfen solle. Gemeinsam fesselten und knebelten wir die Frauen und legten sie in einer Ecke der Zelle ab. Obwohl er lautstark protestierte, fesselte und knebelte ich sodann auch Ehrig und legte ihn neben die Frauen. Schließlich häutete ich die Kaninchen und warf ihre roten, triefenden Kadaver auf die schwarze Erde, wo sie zwischen den aufgerissenen Fliesen sichtbar war.

Dann konnte ich nur noch abwarten, doch das Warten dauerte nicht lange. Nach kurzer Zeit tauchte ein schmaler Tentakel aus leprösem Fleisch aus dem Boden auf, schob die aufgeworfene Erde beiseite und wollte diese Quelle frischen Blutes erkunden. Im Nu hatte ich, was ich wollte. Ich ließ Ehrig und die Frauen liegen, legte den Riegel vor und ging hinauf zum Fundament der Türme. Eine steile Wendeltreppe, die sich um einen zentralen Pfeiler herum zog, führte vom Kerker dort hinauf. Ich zertrümmerte die Möbelstücke und schichtete die Trümmer um diesen Pfeiler herum auf. Ich streifte durch die gesamte Burg, und wo ich Möbel vorfand, zerlegte ich sie auf die gleiche Weise und schichtete sie ebenfalls dort auf. Dann schließlich goß ich Öl auf die Bohlen des Daches mit der Brustwehr, in alle Räume des Teils der Burg, der die Kluft überspannte, und alle Treppen hinab. Endlich war ich fertig. Ich hatte einen großen Teil des Vormittags dazu benötigt.

Ich nahm meine Beute aus der Burg mit, ging ein paar Schritte weiter und betrachtete sie ein letztes Mal. Dann kehrte ich zurück und legte Feuer an das offenstehende Tor und die Zugbrücke. Und ohne einen weiteren Blick zurück wanderte ich den Pfad hinab nach Moupho Alde Ferenc Yaborov.

Zur Mittagszeit traf ich auf meine fünf verbliebenen Wallachen, die mich suchten. Sie erspähten mich, als ich gerade den von der Klippe überschatteten Weg herabschritt und warteten in der steinigen Mulde auf meine Ankunft.

»Hallo, Thibor«, begrüßte mich der Rangälteste, als ich zu ihnen trat. »Sind Ehrig und Vasily nicht mitgekommen?«

»Sie sind tot.« Ich deutete mit einem Ruck meines Kopfes nach hinten in die Berge. »Dort oben.«

Sie blickten hinauf und sahen die weiße Rauchsäule wie einen fremdartigen Pilz zum Himmel steigen.

»Das Haus des Ferenczy«, sagte ich. »Ich habe es verbrannt.«

Dann blickte ich sie streng an. »Warum habt ihr so lange gewartet, bevor ihr mit der Suche nach mir begonnen habt? Wie lange bin ich fort gewesen – fünf, sechs Wochen?«

»Diese verdammten Zigeuner, diese Szgany!« grollte der Sprecher. »Als wir am Morgen nach deinem Aufbruch erwachten, war das Dorf fast vollständig verlassen. Nur noch Frauen und Kinder waren da. Wir bemühten uns, herauszufinden, was geschehen war, doch niemand schien Bescheid zu wissen. Vielleicht wollten sie es uns auch nicht sagen. Wir warteten zwei Tage, und dann gingen wir dir hinterher. Aber die verschwundenen Szgany warteten am Pfad auf uns. Wir fünf, und sie waren ungefähr fünfzig.

Sie versperrten uns den Weg, und sie hatten auf den Felsen die günstigere Stellung.« Er zuckte die Achseln und bemühte sich, nicht zu verlegen zu wirken. »Thibor, tot hätten wir niemandem mehr nützen können.«

Ich nickte und sagte leise: »Und nun seid ihr trotzdem gekommen?«

»Weil sie weg sind.« Wieder zuckte er die Achseln. »Als sie uns damals aufhielten, gingen wir zu ihrem sogenannten »Dorf« zurück. Gestern morgen begannen die Frauen und Kinder in kleinen Gruppen wegzugehen. Sie sagten nichts, sahen nur äußerst blaß aus – als seien sie in Trauer oder so etwas! Heute bei Sonnenaufgang war der Ort verlassen, bis auf den Ältesten – er bezeichnet sich als »Prinz« – seine Alte und ein paar Enkelkinder. Er hat nichts gesagt, aber er wirkt ohnehin ziemlich beschränkt. Also ging ich allein den Pfad hoch, immer in Deckung natürlich, und fand heraus, daß die Männer weg waren. Dann rief ich meine Jungs hier zusammen, um nach dir zu suchen. Um die Wahrheit zu sagen, wir hatten dich für tot gehalten!«

»Das hätte sehr wohl sein können, aber ich bin es nicht. Hier ...«, damit warf ich ihm einen kleinen Lederbeutel hin, »trag das! Und du ...«, wobei ich meine Beutestücke einem anderen Mann gab, »trägst dies hier. Es ist schwer, und ich habe es lange genug geschleppt. Was die Aufgabe betrifft, die wir zu erfüllen hatten, so ist sie nun erledigt. Heute abend bleiben wir noch im Dorf, und morgen brechen wir nach Kiew auf, um einem verlogenen, hinterhältigen, intriganten Prinzen Wladimir Swiatoslawitsch unsere Aufwartung zu machen!«

»Urrrgh!« Der Sprecher hielt den Beutel auf Armeslänge von sich weg. »Da ist irgendwas Lebendiges drin! Es bewegt sich!«

Ich lächelte unheilverkündend. »Ja, behandle es mit Vorsicht – und heute abend steck es in eine Truhe, mitsamt dem Sack. Aber schlafe nicht gerade daneben ...«

Dann gingen wir zum Dorf hinunter. Auf dem Weg hörte ich,

wie sich die Männer leise unterhielten. Hauptsächlich ging es um die Schwierigkeiten, die ihnen die Szgany bereitet hatten. Sie erwähnten, daß sie das Dorf gern niederbrennen wollen. Davon wollte ich aber nichts hören.

»Nein!« sagte ich. »Die Szgany sind auf ihre Art durchaus loyal. Und sie halten zusammen. Auf jeden Fall sind sie ja weg, und was haben wir davon, wenn wir ein leeres Dorf niederbrennen?«

Danach erwähnten sie es nicht mehr.

An diesem Abend besuchte ich den alten Szgany-Prinzen. Ich ging zu seiner Hütte und rief ihn heraus. Er trat in die Kühle der Lichtung und grüßte mich. Ich stellte mich ganz nahe vor ihn hin, er musterte mich und schnappte hörbar nach Luft. »Alter Häuptling«, verkündete ich, »meine Männer wollten diesen Ort niederbrennen, aber ich hielt sie davon ab. Ich habe keinen Streit mit dir oder der Szgany.«

Seine Haut war braun und über und über runzlig. Er hatte kaum noch Zähne im Mund und ging gebeugt. Seine dunklen Augen standen etwas schräg und er schien nicht mehr gut sehen zu können, doch ich war sicher, daß er mich genau erkannte. Er berührte mich mit einer zitternden Hand, und dann packte er meinen Arm direkt über dem Ellbogen.

»Wallache?« wollte er wissen.

»Das bin ich«, bestätigte ich, »und ich werde bald dorthin zurückkehren.«

Er nickte, sagte: »Du – Ferengi!« Es klang nicht nach einer Frage.

»Ich heiße Thibor«, sagte ich ihm. Und auf einen plötzlichen Einfall hin: »Thibor ... Ferenczy!«

Wieder nickte er. »Du – *Wamphyri!*«

Ich wollte schon den Kopf ablehnend schütteln, hielt aber inne. Sein Blick bohrte sich in meinen Kopf. Irgendwie. Er wußte Bescheid. Und ich nun auch – endgültig. »Ja ... Wamphyri«, sagte ich.

Er sog scharf die Luft ein und atmete dann langsam aus. Danach: »Wohin wirst du gehen, Thibor der Wallache, Sohn des Alten?«

»Morgen breche ich nach Kiew auf«, antwortete ich grimmig. »Ich habe dort etwas zu erledigen. Danach geht es nach Hause.«

»Zu erledigen?« Er lachte gackernd. »Ah ja, etwas zu erledigen.«

Er ließ meinen Arm los und wurde ernst. »Ich werde auch in die Wallachei gehen. Dort sind viele Szgany. Du brauchst Szgany. Ich werde dich dort aufsuchen.«

»Gut!« sagte ich.

Er trat zurück, wandte sich um und ging in seine Hütte.

Wir kamen abends aus dem Wald und schritten in Richtung Kiew, und ich fand ein Haus am Stadtrand, wo wir ruhen und einen Schlauch Wein erwerben konnten. Vier meiner fünf Männer schickte ich sodann in die Stadt.

Nach kurzer Zeit kamen die Männer einer nach dem anderen zurück und brachten führende Mitglieder meines Bauernheeres mit – oder was davon noch übrig war. Die Hälfte hatte Wladimir abgeworben, und sie befanden sich auf einem Kriegszug gegen die Petschenegen. Der Rest war mir treu geblieben. Sie hatten sich in der Stadt verborgen und auf mich gewartet.

Es befand sich nur eine Handvoll Soldaten des Wlad in der Stadt. Sogar die Palastwache war in den Kampf geschickt worden. Der Prinz hatte lediglich seine persönliche Leibgarde bei sich am Hof. Das war ein Teil der Neuigkeiten, die sie mir berichteten.

Und hier ist der Rest: Heute abend würde im Palast ein kleines Bankett zu Ehren irgendeines unterwürfigen Bojaren abgehalten. Ich lud mich selbst gleich mit ein.

Ich kam allein am Palast an – zumindest mußte es so erscheinen. Ich schritt durch den dunklen Garten und lauschte dem Gelächter und Stimmengewirr aus dem großen Saal. Bewaffnete versperrten mir den Weg, und ich blieb stehen und musterte sie.

»Wer da?« rief ein Gardehauptmann.

Ich trat vor. »Thibor von der Wallachei, der Woiwode des Prinzen. Er hat mich mit einem Auftrag fortgeschickt, und nun bin ich zurückgekehrt.«

Auf dem Weg zum Palast war ich absichtlich durch Schlammpfützen gelaufen. Bei meinem letzten Besuch hier hatte der Wlad befohlen, daß ich in Festtagskleidung, unbewaffnet, gebadet und frisch erscheinen solle. Nun schleppte ich all meine Waffen, war unrasiert, schmutzig, und mein Haar strähnig. Ich stank schlimmer als ein Bauernlümmel und war auch noch froh darüber.

»Willst du etwa so hineingehen?« fragte der Gardehauptmann erstaunt. Er rümpfte die Nase. »Mann, wasche dich, zieh frische Kleidung an und lege deine Waffen ab!«

Ich sah ihn finster an. »Dein Name?«

»Was?« Er trat einen Schritt zurück.

»Ich werde ihn dem Prinzen nennen. Er wird jedem Mann, der mich heute Abend aufhält, die Hoden abschneiden lassen! Und falls du keine mehr hast, fällt eben dein Kopf. Erinnerst du dich nicht mehr an mich? Beim letzten Mal besuchte ich ihn in einer Kirche und brachte einen Sack voller Daumen mit.« Ich zeigte ihm den Lederbeutel.

Er wurde blaß. »Jetzt erinnere ich mich. Ich ... werde dein Kommen ankündigen. Warte hier.«

Ich packte seinen Arm und zog ihn zu mir heran. Ich grinste ihn wölfisch an, zeigte meine Zähne und zischte: »Nein, *du* wartest hier!«

Ein Dutzend meiner Männer trat unter den Bäumen hervor, hielt die Zeigefinger warnend vor die Lippen, und dann führten sie die verängstigten Leibgardisten weg.

Ich ging weiter und betrat ungehindert den Palast und den großen Festsaal. Oh ja, den Eingang wollten mir zwei der königlichen Schläger-Garden versperren, doch die schob ich so vehement beiseite, daß sie beinahe zu Fall kamen, und als sie sich wieder hochgerappelt hatten, stand ich schon zwischen den Gästen. Ich schritt zur Mitte des Saals. Dort stand ich eine Weile stocksteif und musterte stumm und finster alle Anwesenden. Der Lärm ließ nach. Schließlich herrschte verlegenes Schweigen. Irgendwo lachte eine der Damen, oder genauer, sie kicherte nervös, war aber rasch wieder still.

Langsam traten alle vor mir zurück. Mehrere Damen wirkten, als seien sie einer Ohnmacht nahe. Ich stank nach Stallmist. Dieser Geruch wirkte jedoch auf mich frisch und sauber, verglichen mit den Düften, die der Hofstaat ausströmte.

Die Menge teilte sich, und da saß der Prinz an einem mit Speisen und Getränken vollbeladenen Tisch. Sein Gesicht zeigte ein eingefrorenes Lächeln, das von ihm abfiel wie eine bleierne Maske, als er meiner ansichtig wurde. Und endlich erkannte er mich.

Langsam kam er auf die Beine. »Ihr!«

»Kein anderer, mein Prinz.« Ich verbeugte mich kurz.

Er brachte kein Wort heraus. Sein Gesicht lief langsam rot an. Schließlich sagte er: »Soll das ein Scherz sein? Geht – *hinaus!*« Er zeigte mit einem zitternden Finger zum Ausgang.

Männer mit den Händen an den Heften ihrer Schwerter schossen auf mich zu und kesselten mich ein.

Ich rannte mit einem Mal zum Tisch des Wlad, sprang mit einem Satz hinauf, zog mein Schwert und setzte ihm die Spitze auf die Brust. »Keinen Schritt näher!« knurrte ich.

Er hob die Hände, und seine Leibwächter wichen zurück. Ich trat Teller und Pokale zur Seite und schuf freien Platz vor ihm auf dem Tisch. Dann warf ich meinen Beutel hin. »Sind Eure griechischen christlichen Priester da?«

Er nickte und gab einen Wink. In ihren Priesterroben kamen

sie mit zitternden Händen zögernd heran, wobei sie aufgeregt in ihrer fremden Sprache plapperten. Vier waren es.

Endlich dämmerte es dem Prinzen, daß er sich in Lebensgefahr befand. Er blickte auf meine Schwertspitze herab, die leicht an seiner Brust ruhte, dann mich, knirschte mit den Zähnen und setzte sich. Mein Schwert folgte seiner Bewegung.

Er war blaß geworden, beherrschte sich jedoch, schluckte und sagte: »Thibor, was soll das alles? Wollt Ihr des Verrats bezichtigt werden? Nehmt Euer Schwert weg und laßt uns reden.«

»Mein Schwert bleibt, wo es ist – und wir werden nun hören, was *ich* zu sagen habe!« verkündete ich.

»Aber ...«

»Hört mir zu, Prinz von Kiew! Ihr habt mich mit einem hoffnungslosen Auftrag weggeschickt, und das war Euch klar. Was? Ich und meine Sieben gegen Faethor Ferenczy und seine Szgany? Welch ein Witz! Und während meiner Abwesenheit konntet Ihr in Ruhe meine guten Männer stehlen, und hätte ich das Glück, auch noch erfolgreich zurückzukehren ... um so besser! Und sollte ich verlieren, womit Ihr ja gerechnet habt, wäre es kein großer Verlust.« Ich funkelte ihn an. »Das nenne ich *Verrat!*«

»Aber...«, wandte er wieder mit bebenden Lippen ein.

»Aber hier bin ich, gesund und munter, und hätte ich ein wenig mit meinem Schwert zugedrückt und Euch getötet, wäre es mein gutes Recht gewesen. Nicht nach Eurem Gesetz, aber nach meinem. Ah, keine Panik, ich werde Euch nicht töten! Es genügt bereits, daß alle Anwesenden von Eurem Verrat wissen. Und was meinen Auftrag betrifft: Erinnert Ihr euch daran, was Ihr mir befohlen habt? Ihr sagtet: ›Bringt mir den Kopf des Ferenczy, sein Herz und sein Banner‹. Nun, in diesem Augenblick flattert sein Banner über den Mauern dieses Palastes. Seines und meines, denn ich habe seines übernommen. Und was seinen Kopf und sein Herz betrifft: Ich habe eine bessere Lösung. Ich habe Euch das wahre Wesen des Ferenczy mitgebracht!«

Prinz Wladimirs Blick wanderte zu dem Beutel, der vor ihm lag, und einer seiner Mundwinkel begann zu zucken.

»Öffnet ihn«, befahl ich. »Leert ihn aus. Und ihr Priester, kommt näher! Seht, was ich euch mitgebracht habe!«

Unter den sich drängenden Höflingen und Gästen erspähte ich einige Männer mit grimmigen Gesichtern, die sich langsam näher heranschoben. Ich hatte nicht mehr viel Zeit. In meiner Nähe befand sich ein hohes, schmales Fenster, das zu einem Balkon über dem Palastgarten führte. Wladimirs Hände tasteten sich zitternd auf den Beutel zu.

»*Öffne ihn!*« fuhr ich ihn an und drückte ein wenig härter mit der Schwertspitze zu.

Er nahm den Beutel, zupfte an der Kordel und kippte den Inhalt auf den Tisch. Alle starrten entsetzt darauf.

»Das *wahre Wesen* des Ferenczy!« zischte ich.

Der Teil war etwa so groß wie ein Welpe, hatte jedoch eine kränkliche Färbung und die Form eines Alptraums. Also überhaupt keine Form, sondern nur eine morbide Andeutung. Es hätte eine Nacktschnecke sein können, oder ein Fötus, oder ein fremdartiger Wurm. Im Lichtschein wand es sich, streckte ungeschickte Finger aus und bildete ein Auge. Als nächstes kam ein Mund mit gekrümmten, dolchähnlichen Zähnen. Das Auge war weich und feucht. Es blickte sich um, während der Mund hörbar schmatzte.

Der Wlad saß totenbleich da, und sein Gesicht zuckte grotesk.

Ich lachte, als sich die Vampirmasse näher zu ihm heranschob, und er schrie auf und kippte mitsamt seinem Stuhl nach hinten um. Das Ding hatte ihm nichts antun wollen; es hegte überhaupt keine bösen Absichten. Größer und hungrig, ja, dann hätte es gefährlich werden können, oder hätte es sich allein mit einem schlafenden Mann in einem dunklen Zimmer befunden, aber hier im hellen Licht war es harmlos. Ich wußte das, doch Wladimir und der Hofstaat nicht!

»*Wrykulakas, Wrykulakas*«, schrien die griechischen Priester. Und damit – obwohl bestimmt nur wenige die Bedeutung dieses Wortes kannten – brach im Saal das blanke Chaos aus. Damen schrien und fielen in Ohnmacht. Alles zog sich von dem großen Tisch zurück. Gäste trampelten an der Tür übereinander.

Ich muß es den Griechen lassen: Sie waren die einzigen, die eine Ahnung davon hatten, was zu tun sei. Einer von ihnen zückte einen Dolch und nagelte das Ding auf der Tischplatte fest. Es platzte sofort auf und perlte wie Wasser von der Klinge ab. Erneut fixierte der Priester es, und dabei rief er: »Bringt Feuer – *verbrennt es!*«

Inmitten des heillosen Durcheinanders sprang ich vom Tisch hinauf auf den Fenstersims, und von dort aus hinaus auf den Balkon. Als ich von der Brüstung hinab in den Garten sprang, erschienen am Fenster hinter mir zwei zornige Gesichter. Die Leibwächter des Wlad. Nun, da die Gefahr vorbei war, waren sie wieder tapfere und zornglühende Männer. Allerdings war für sie die Gefahr keineswegs vorüber. Ich blickte zurück. Die beiden befanden sich nun auf dem Balkon.

Sie schrien und schwenkten die Schwerter, und ich duckte mich. Bolzen pfiffen aus dem Garten über mich hinweg. Sie trafen den einen Verfolger in die Kehle, den anderen in die Stirn. Aus dem Saal drang noch immer Lärm, aber es gab keine weiteren Verfolger. Ich grinste und schlenderte weg.

In dieser Nacht lagerten wir im Wald nahe dem Stadtrand. Alle meine Männer schliefen, denn ich hatte keine Wachen aufgestellt. Niemand kam in die Nähe.

In der Morgendämmerung trabten wir auf unseren Pferden durch die Stadt, zogen eine Schleife und ritten dann in Richtung Westen, wo die Wallachei lag. Mein neues Banner hing immer noch am Mast über der Palastmauer. Offensichtlich hatte niemand gewagt, es zu entfernen, während wir uns noch in der Nähe befanden. Ich ließ es als Andenken zurück: den Drachen, auf seinem Rücken die Fledermaus, und über beiden der leuchtendrote Teufelskopf des Ferenczy. Die nächsten fünfhundert Jahre lang sollten dies meine Abzeichen sein ...

Mein Bericht ist zu Ende, sagte Thibor. *Du bist dran, Harry Keogh.*

Harry hatte einiges von dem gehört, was er wissen wollte, doch keineswegs alles. »Du hast Ehrig und die Frauen zurückgelassen, um sie zu verbrennen«, sagte er angewidert. »Die Frauen – Vampirfrauen –, das kann ich ja noch verstehen. Aber wäre es so schwierig geworden, ihnen einen anständigen Tod zu gönnen? Ich meine, mußten sie auf diese Art verbrennen? Du hättest es ihnen leichter machen können. Du hättest ...«

Sie köpfen können? Thibor schien das egal zu sein. Er zuckte geistig die Achseln.

»Und was Ehrig betrifft: Er war einmal dein Freund!«

War, ja. Aber es war eine harte Welt, Harry, damals, vor tausend Jahren. Und außerdem hast du sowieso nicht recht. Ich habe sie keineswegs den Flammen überlassen! Sie befanden sich tief unter dem Turm. Ich hatte die zerbrochenen Möbel um den Zentralpfeiler herum aufgeschichtet, damit dieser durch die Hitze brechen würde. So mußte die Treppe zwangsläufig einstürzen und den Kerker für immer und ewig begraben. Ich habe sie nicht verbrannt – nur einfach beerdigt!

Harry schreckte vor diesem morbiden und finsteren Tonfall zurück. »Das ist ja noch schlimmer!«

Besser, meinst du wohl! widersprach ihm das alte Ungeheuer mit einem Schmunzeln in der geistigen Stimme. *Und viel besser als ich je angenommen hatte. Denn zu der Zeit wußte ich noch nicht, daß sie dort unten für immer weiterleben würden. Ha, ha! Und das ist ja wohl eine noch größere Qual und Verdammnis. Selbst jetzt noch befinden sie sich dort, mumifiziert zwar, aber doch auf gewisse Art lebendig. Trocken und ausgezehrt wie alte Knochen, Fetzen von Leder und Knorpel und ...*

Thibor hielt abrupt inne. Er hatte Harrys intensive Aufmerksamkeit wahrgenommen, wie er lauschte und kalkulierte und alles analysierte. Harry versuchte, sich geistig ein wenig zurückzuziehen und seinen Verstand für den anderen abzuschotten. Auch das nahm Thibor wahr.

Ich habe mit einem Mal das Gefühl, sagte er sehr bedächtig, *daß ich zuviel gesagt haben könnte. Es schockiert mich allerdings ein wenig, wenn ich sogar als totes Geschöpf meine Gedanken im Zaum halten und hüten muß. Dein Interesse an all diesen Vorgängen ist mehr als nur flüchtig, Harry! Ich frage mich, warum?*

Dragosani, der lange geschwiegen hatte, mischte sich lachend ein: *Ist das nicht offensichtlich, alter Teufel?* fragte er. *Er hat dich überlistet! Warum ist er so an dem interessiert? Weil es – jetzt, zu dieser Zeit – auf der Welt, auf seiner Welt, noch Vampire gibt. Das ist die einzige Erklärung. Und Harry Keogh kam hierher, um von dir möglichst viel über sie herauszufinden. Er muß alles über sie wissen, um seinen Geheimdienst zu informieren, um seine Welt zu retten. Nun sag mir: War es wirklich notwendig, daß er dir von diesem unschuldigen Kind erzählte, das du noch im Mutterleib infiziert hast? Er hat es doch bereits zugegeben! Der Junge lebt, und natürlich ist er ein Vampir!* Damit erstarb Dragosanis Stimme.

In der reglosen Lichtung herrschte Schweigen. Nur Harrys Neonaura erleuchtete die Dunkelheit ein wenig und kündete von dem Drama, das sich hier abspielte. Und endlich sprach Thibor weiter: *Stimmt das? Ist er am Leben? Ist er ...*

»Ja«, antwortete Harry freimütig. »Er lebt – als Vampir – jedenfalls im Moment noch.«

Thibor überhörte das Letztere. *Aber woher weißt du, daß er ein ... Wamphyri ist?*

»Weil er bereits seine finstere Beschäftigung aufgenommen hat. Deshalb müssen wir ihn eliminieren – ich und die anderen, die zu diesem Zweck für ihn tätig geworden sind. Und ganz sicher müssen wir ihn vernichten, bevor er sich an dich ›erinnert‹ und herkommt, um dich zu suchen. Dragosani hat behauptet, du könntest auf diese Weise wieder auferstehen, Thibor. Was sagst du dazu?«

Dragosani ist ein unüberlegter Narr, der gar nichts weiß. Ich habe ihn überlistet, du ebenfalls – nun, es war gut, daß du ihm halfst, sich selbst zu vernichten. Ha! Selbst ein Kind könnte Dragosani über's Ohr hauen! Nimm ihn nicht ernst!

Was? schrie Dragosani. *Ich ein Narr? Höre mir zu, Harry Keogh, und ich sage dir ganz genau, wie dieser listige alte Teufel das benützen wird, was er selbst gezeugt hat. Zuerst ...*

SCHWEIG ENDLICH! Thibor war wütend.

Ich denke nicht daran! gab Dragosani trotzig zurück. *Deinetwegen bin ich hier ... ein Gespenst und sonst nichts! Soll ich stillhalten, während du dich darauf vorbereitest, dich von hier fortzustehlen? Hör mir zu, Harry. Falls dieser Junge ...*

Doch weiter ließ ihn Thibor nicht kommen. Ein furchtbarer geistiger Lärm kam plötzlich auf, ein so starkes telepathisches Gequatsche und Geheule, daß Harry kein einziges Wort mehr verstehen konnte. Dieser Schutzschild aus Lärm ging nicht nur von Thibor aus, sondern auch von Max Batu. Verständlicherweise hatte der tote Mongole sich für Thibor und gegen seinen Mörder entschieden.

»Ich kann nichts verstehen«, sagte Harry in den Lärm hinein zu Dragosani. »Absolut nichts!«

Die telepathische Kakophonie ging weiter, womöglich noch lauter und eindringlicher als zuvor. Im Leben war Max Batu in der Lage gewesen, Haß so zu konzentrieren, daß ein einziger Blick töten konnte. Auch im Tod versagte seine Konzentrationsfähigkeit nicht. Möglicherweise war der mentale Lärm, den er verströmte, noch stärker als der Thibors. Und da keine körperliche Anstrengung dazu notwendig war, konnten sie das vielleicht sehr, sehr lange durchhalten. Dragosani wurde einfach überschrien!

Harry bemühte sich, noch lauter als die anderen zu schreien: »Wenn ich euch jetzt verlasse, könnt ihr sicher sein, daß ich nie mehr zurückkehre!« Doch kaum hatte er seine Drohung ausgesprochen, wurde ihm bewußt, daß sie nichts mehr bedeutete. Thibor schrie um sein Leben, die Art von Leben, das er nicht mehr genossen hatte, seit dem Tag, da man ihn vor fünfhundert Jahren hier begrub. Selbst als die anderen allmählich innehielten, machte er mit seiner geistigen Brüllerei weiter.

Patt. Und ohnehin zu spät.

Harry spürte das erste Ziehen einer Macht, der er nicht widerstehen konnte, einer Macht, die ihn anzog wie der Nordpol die Kompaßnadel. Harry jr. rührte sich wieder und wachte auf, weil er um diese Zeit gefüttert werden wollte. Die nächste Stunde über mußte der Vater wieder mit der Persönlichkeit seines kleinen Sohnes verschmelzen.

Das Ziehen verstärkte sich und begann Harry mitzuschleifen. Er suchte nach einem Möbius-Tor, fand eines und glitt darauf zu.

In dem Moment, als er gerade das Möbius-Kontinuum betreten wollte, rührte sich noch etwas anderes außer Harry jr., etwas in der Erde, auf welcher der Schutt von Thibors Gruft verteilt lag. Vielleicht hatte der konzentrierte mentale Aufruhr es aufgeweckt. Vielleicht hatte es auch außergewöhnliche und wesentliche Ereignisse herannahen gefühlt. Wie auch immer, es bewegte sich, und Harry Keogh sah es.

Mächtige Steinplatten wurden zur Seite geschoben, Baumwurzeln brachen mit lautem Knallen, als sich etwas Massives unter ihnen aufbäumte. Der Erdboden explodierte in einer schwarzen Fontäne, als ein Tentakel, so dick wie ein Faß, den Boden durchbrach und beinahe in Höhe der Baumwipfel durch die Luft peitschte. Dann tastete er hin und her und wurde schließlich wieder zurückgezogen.

Harry sah das alles – und dann war er durch das Tor und befand sich im Möbius-Kontinuum. Körperlos wie er war, schauderte er dennoch, während er durch bisher nur hypothetische Räume zu dem Geist seines kleinen Sohnes eilte.

Ein einziger Gedanke beherrschte nun Harrys Verstand: *Wir müssen sofort etwas unternehmen!*

Sonntag 10.00 Uhr, Bukarest, Büro für kulturellen und wissenschaftlichen Austausch der UdSSR, in einem ehemaligen Museumsgebäude mit vielen Kuppeln ganz in der Nähe der Russischen Universität: Das schmiedeeiserne Tor wurde von einem gähnenden Uniformierten geöffnet, und ein schwarzer VW-Variant fuhr hinaus auf die nahezu leere Straße in Richtung der Autobahn nach Pitesti.

Sergei Gulharov saß am Steuer, neben ihm Felix Krakovic. Hinten saßen Alec Kyle, Carl Quint und eine extrem magere Rumänin mittleren Alters mit einer Brille auf dem Raubvogelgesicht. Irma Dobresti bekleidete eine hohe Position im Ministerium für Liegenschaften und war eine glühende Anhängerin Mütterchen Rußlands.

Da Dobresti Englisch sprach, waren Kyle und Quint etwas vorsichtiger als üblich mit ihren Äußerungen. Nicht, daß sie fürchteten, die Frau könne zuviel über ihre Mission erfahren, denn sie würde ja selbst erleben, wie diese verlief. Es lag eher daran, daß ihnen kein uncharmanter Kommentar über sie entschlüpfen durfte, denn Irma Dobresti war eine mehr als außergewöhnliche Frau.

Sie hatte das schwarze Haar zu einem Dutt aufgesteckt. Ihre Kleidung glich fast einer Uniform: Dunkelgrau waren sowohl Schuhe wie auch Rock, Bluse und Mantel. Sie trug weder Makeup noch Schmuck, und ihre Gesichtszüge wirkten hart und maskulin. Weibliche Formen und Vorzüge hatte die Natur bei ihr vollkommen vernachlässigt. Das Lächeln, bei dem sie ihre gelben Zähne entblößte, wirkte aufgesetzt – als schalte sie es je nach Bedarf ein oder aus. Ihre Stimme, die sie nur bei wenigen Gelegenheiten zu hören bekamen, klang tief wie die eines Mannes, und was sie sagte, war knapp, präzise und schnörkellos. »Wenn ich nicht so schlank wäre«, sagte sie in einem lahmen Versuch, eine Konversation in Gang zu bringen, »wäre dies eine äußerst unbequeme lange Fahrt.«

Sie saß links, Quint in der Mitte und Kyle rechts.

Die beiden Engländer sahen sich an. Dann räusperte sich Quint und lächelte pflichtschuldig: »Das stimmt, so passen wir recht gut zu dritt auf den Rücksitz.«

Sie nickte. Und dann herrschte wieder verlegenes Schweigen, während das Auto die Stadt verließ und auf die Autobahn einbog.

Kyle und Quint hatten die Nacht im Hotel Dunarea im Stadtzentrum verbracht. Krakovic war die meiste Zeit über auf den Beinen gewesen, hatte Verbindungen geknüpft und Vorbereitungen getroffen. Am Morgen war er zu ihnen ins Hotel gekommen und hatte mit ihnen gefrühstückt. Dunkle Ringe lagen unter seinen Augen und sein Gesicht wirkte abgespannt und müde. Anschließend hatte Gulharov sie abgeholt und war zum Ministerium gefahren, wo die Dobresti von einem sowjetischen Verbindungsoffizier letzte Weisungen erhalten hatte. Krakovic hatte bereits am Abend zuvor ausführlich mit ihr gesprochen. Und nun fuhren sie miteinander aufs Land hinaus.

Krakovic war die Strecke einigermaßen vertraut. Er unterdrückte ein Gähnen und stellte fest: »Es überrascht mich nicht sehr, daß wir dorthin fahren.« Er wandte sich um und sah seine Kollegen an. »Ich kennen Ort. Nach diesen Ereignissen im Schloß Bronnitsy, als der Parteivorsitzende mir persönlich den Auftrag geben, diese Angelegenheit aufzuarbeiten, ich wollten alles herausfinden ... was passiert war. Ich mir dachte, daß Dragosani die Wurzel des Übels dargestellt hatte. Also kam ich hierher.«

»Sie sind seinen Spuren gefolgt?« fragte Kyle.

Krakovic nickte. »Wenn Dragosani Urlaub machen, er kommt immer nach hier. Keine Familie, keine Freunde, aber er kommt hierher.«

Quint wandte ein: »Er wurde ja hier geboren. Rumänien war seine Heimat.«

»Und einen Freund hatte er hier schon!« fügte Kyle leise hinzu.

Krakovic gähnte wieder und blickte Kyle aus rotgeränderten Augen an. »Wie es scheint. Außerdem bezeichnete er diese Gegend immer als die Wallachei und nicht als Rumänien. Dabei ist die Wallachei ein längst verschwundenes und vergessenes Land, aber nicht für Dragosani.«

»Wo genau fahren wir hin?« fragte Kyle.

»Ich eigentlich gehofft, Sie würden mir sagen!« erwiderte Krakovic. »Sie gesagt, Rumänien, an ein Ort in den Vorbergen der Karpaten, wo Dragosani aufgewachsen. Also fahren wir dorthin. Wir wohnen in kleinem Dorf, das er sehr mochte, in der Nähe Autobahn Corabia-Calinesti. In etwa zwei Stunden wir sind da. Danach ...«, er zuckte die Achseln, »ich auch nicht weiter weiß.«

»Oh, wir wissen schon ein paar Einzelheiten«, sagte Kyle daraufhin. »Wie weit ist Slatina von diesem Dorf entfernt, in dem wir wohnen werden?«

»Slatina? Ach, etwa ...«

»Einhundertzwanzig Kilometer«, unterbrach ihn Irma Dobresti. Krakovic hatte vorher schon den Namen dieses Dorfes erwähnt, den sich die beiden Engländer allerdings nicht merken konnten, aber Irma Dobresti hatte Bescheid gewußt. Eine Cousine habe dort einmal gewohnt, hatte sie den Männern erklärt. »Ungefähr eineinhalb Fahrtstunden.«

»Wollen Sie gleich nach Slatina?« fragte Krakovic. »Was ist mit diesem Ort?«

»Morgen reicht noch«, sagte Kyle. »Heute abend planen wir erst einmal das weitere Vorgehen. Und was Slatina betrifft ...«

»Aufzeichnungen«, unterbrach ihn Quint diesmal. »Es gibt doch dort bestimmt ein örtliches Register, oder?«

»Entschuldigung!« warf Krakovic ein, der offensichtlich nicht genug Englisch verstand.

»Ein Register der Heiraten und Geburten«, erklärte Kyle.

»Und der Todesfälle«, fügte Quint noch hinzu.

»Ach, so etwas!« rief Krakovic. »Aber Sie dürfen nicht glauben, in einem kleinen Ort das gehen zurück fünfhundert Jahre bis Thibor Ferenczy!«

Kyle schüttelte den Kopf. »Darum geht es nicht. Wir haben unseren eigenen Vampir, okay? Wir wissen, daß er dort draußen ... äh ... infiziert wurde. Und wir wissen ja auch mehr oder weniger, auf welche Weise das geschah. Wir wollen wissen, wo Ilya Bodescu starb. Die Bodescus machten Urlaub in Slatina, als er einen Skiunfall in den Bergen dort erlitt. Falls wir jemanden aufspüren, der bei der Bergung seiner Leiche anwesend war, haben wir auch eine Chance, die Gruft Thibors zu entdecken. Ilya Bodescu starb genau dort, wo der alte Vampir begraben wurde.«

»Gut!« meinte Krakovic. »Dann sollten doch ein Polizeiprotokoll vorliegen, Aussagen, vielleicht sogar Totenschein.«

»Bezweifle ich«, warf Irma Dobresti kopfschüttelnd ein. »Wie lange ist es her, daß dieser Mann starb?«

»Vor achtzehn, neunzehn Jahren«, antwortete Kyle.

»Einfacher Tod durch Unfall also.« Sie zuckte die Achseln. »Unverdächtig. Keine Obduktion. Aber Polizeibericht – ja. Vielleicht Bergung mit Krankenwagen. Sie müssen auch einen Bericht schreiben.«

So gefiel sie Kyle schon besser. »Das ist ein gutes Argument«, stellte er fest. »Und was unsere Einsicht in die betreffenden Unterlagen betrifft, können Sie bestimmt die Genehmigung der Behörden erlangen, Frau ...«

»Nicht: Frau. Hatte nie die Zeit zum Heiraten. Nennen Sie mich einfach Irma, bitte.«

Ihre gesamte Haltung verblüffte Quint ohnehin. So konnte er nicht umhin, zu fragen: »Halten Sie es nicht für ein wenig ... eigenartig, daß wir einem Vampir nachspüren, äh ... Irma?«

Sie sah ihn an und zog die Augenbrauen hoch. »Meine Eltern stammen aus den Bergen«, erklärte sie. »Als ich klein war, erzählten sie manchmal vom *Vampir*. Oben in den Carpatii Meridionali glauben die alten Leute noch daran. Früher gab es mächtige Bären dort. Und Säbelzahntiger. Und vorher große Dinosaurier. Es gibt sie nicht mehr, aber es *gab* sie wirklich. Alle sind mittlerweile verschwunden. Und nun sagen Sie mir, daß meine Eltern recht hatten, daß es wirklich auch Vampire gab. Eigenartig? Nein, eigentlich nicht. Wenn Sie nach Vampiren suchen, dann doch wohl hier in Rumänien!«

Krakovic lächelte. »Rumänien immer schon so etwas wie eine Insel im Weltgeschehen«, warf er ein.

»Stimmt«, bestätigte Irma Dobresti. »Aber das war nicht immer gut. Die Welt ist groß. Kleine sind nicht stark genug, um sich zu behaupten. Und abgeschnitten zu sein, bedeutet auch Stagnation. Nichts Neues kommt von außen herein.«

Kyle nickte und dachte: *Und auf einiges Alte könnten wir alle gern verzichten!*

Es war eine anstrengende Nacht für Brenda Keogh gewesen.

Als Harry jr. mit seiner kleinen Nachtmahlzeit fertig war, wollte er absolut nicht mehr einschlafen. Er war nicht quengelig, wollte aber einfach nicht schlafen.

Nach einer Stunde, während der sie ihn zuerst geschaukelt, dann auf den Armen gewiegt und ihm Schlaflieder gesungen hatte, war sie so müde gewesen, daß sie das Baby zurückgelegt hatte und ins Bett gegangen war.

Aber pünktlich um sechs Uhr morgens hatte er sich wieder gemeldet, damit sie die Windeln wechselte und ihn wieder fütterte. Und aus der Art, wie er sein kleines Gesicht verzog und die Fäuste ballte, merkte sie, daß er sehr müde war. Natürlich – er war praktisch die ganze Nacht wach gewesen, wenn auch Brenda den Grund dafür nicht kannte. Doch er war so ein gutmütiger kleiner Spatz: Er hatte nicht geweint und geschrien, bis er schließlich hungrig war, hatte einfach nur dagelegen und sich mit etwas beschäftigt, das Brenda nicht kannte.

Selbst jetzt wollte er offensichtlich und mit aller Macht wach bleiben, aber an seinem Gähnen erkannte seine Mutter, daß er das nicht mehr lange durchhalten würde. In einer Stunde würde der neue Tag heraufdämmern, und Harry würde schlafen. Die Welt mußte eben warten. Ganz gleich, wie schnell der Verstand reift – der Körper verlangt seinen Tribut.

Als sein kleiner Sohn endlich einschlief, fühlte sich Harry senior wie befreit. Ein abartiger Gedanke überfiel ihn, wie er ihm nie zuvor gekommen war, und das trotz seines ziemlich außergewöhnlichen Lebens, sogar nach dem Tod: *Er saugt mich aus!* dachte er. *Dieser kleine Lump zehrt an meinem Verstand, an meinen Erfahrungen! Er schnüffelt in meinen Erlebnissen herum, weil ich eine Menge zu bieten habe, aber ich kann ihn nicht berühren, weil nichts da drinnen ist in dem kleinen Hirn – noch nicht!*

Er schob den Gedanken von sich. Nun, da ihn Harry jr. freigelassen hatte, mußte er einiges unternehmen. Es gab Menschen – tote Menschen – mit denen er reden sollte. Er wußte vieles, was ganz sicher niemand anders wissen konnte. Beispielsweise war ihm klar, daß die Toten eine andere Sphäre bewohnen und daß sie dort fortfahren, all das zu tun, was sie im Leben getan hatten.

Die toten Schriftsteller schreiben Meisterwerke, die sie niemals veröffentlichen können, jede Zeile perfekt verfaßt, jeder Abschnitt wieder und wieder überarbeitet, jede Erzählung ein Juwel. Wo die Zeit kein Problem darstellt und keine Ablieferungstermine gesetzt sind, kann man die Bücher so schreiben, wie es richtig ist. Die Architekten entwerfen in Gedanken ihre Städte, wunderschöne luftige Bauwerke auf phantastischen Welten, überspannen damit Ozeane und Kontinente, und jeder Stein, jeder Turm, jede Hochstraße ist perfekt positioniert; nicht das kleinste Detail davon wäre unpassend oder würde gar fehlen. Die Mathematiker erforschen weiterhin die Formeln des Universums und reduzieren die Gesamtheit aller Dinge zu Symbolen, die sie niemals zu Papier bringen können.

Und die Großen Denker denken weiterhin ihre Großen Gedanken, und diese wiegen viel schwerer als alle aus ihrem einstigen Leben.

So hatte es sich jedenfalls immer in der Dimension der Toten abgespielt. Bis Harry Keogh, der Necroscope, gekommen war.

Die Toten hatten Harry sofort ins Herz geschlossen; er hatte ihrer Existenz eine neue Bedeutung verliehen. Vor Harrys Ankunft hatte jeder von ihnen eine Welt bewohnt, die nur aus den eigenen flüchtigen Gedanken bestand, ohne jeden Kontakt mit den anderen. Sie waren wie Häuser ohne Fenster und Türen und ohne Telefon gewesen. Aber Harry hatte eine Verbindung zwischen ihnen ermöglicht. Für die Lebenden hatte sich nichts geändert; sie waren sich der Toten nicht bewußt. Doch für die Toten war alles anders geworden.

Möbius war einer von ihnen, Mathematiker und Philosoph, und er hatte Harry gezeigt, wie er das von ihm entdeckte Möbius-Kontinuum nutzen konnte. Er hatte es gern getan, denn wie die meisten der Toten hatte er Harry schon nach kurzer Zeit lieb gewonnen. Und das Möbius-Kontinuum hatte Harry die Möglichkeit eröffnet, Zeiten und Orte und Hirne zu erreichen, die jenseits allem lagen, was während der Menschheitsgeschichte erdacht oder gar besucht worden war.

Nun wußte Harry von einem Mann, der während seines Lebens wie besessen alles gesammelt hatte, was an Mythen und Legenden und Bräuchen in Bezug auf Vampire bekannt war. Er hieß Ladislau Giresci. Harry fragte sich, wie es ihm jetzt ging, nachdem er ermordet worden war. Max Batu hatte ihn mit dem Bösen Blick getötet, ohne einen stichhaltigen Grund – außer dem Befehl Dragosanis – zu haben. Getötet hatte er Girescis Leib, nicht jedoch dessen lebenslange Neigung zu den Vampirlegenden. Wenn er zu Lebzeiten so davon besessen gewesen war, würde er sich nach dem Tod sicherlich weiter damit beschäftigen.

Harry erzielte bei Thibor keinerlei Fortschritte mehr, und Thibor ließ ihn nicht mehr zu Dragosani durchdringen – seine Gedankenbarriere hielt allen Versuchen stand. Also blieb ihm nur Ladislau Giresci. Es war jedoch schwierig, diesen zu erreichen. Harry hatte den Rumänen im Leben niemals kennengelernt; er wußte nicht, wo er seinen Geist suchen sollte. Also mußte er sich darauf verlassen, daß ihm die Toten die Richtung wiesen.

Auf der Straßenseite gegenüber von Brendas Wohnung erstreckte sich ein großer, Jahrhunderte alter Friedhof, auf dem eine Menge von Harrys Freunden lagen. Er kannte die meisten persönlich aus Unterhaltungen, die er mit ihnen schon vor seinem eigenen Tod geführt hatte.

Nun schwebte er auf die Reihen der Kreuze und einige schief stehenden Grabsteine zu. Sein Bewußtsein wurde von den Geistern der Toten angezogen, die in ihren Gräbern lagen und sich unterhielten. Sie spürten seine Gegenwart augenblicklich und wußten, daß er es war, der sich ihnen näherte. Wer konnte es wohl auch sonst sein?

Harry, sagte ihr Sprecher, ein ehemaliger Bahnbauingenieur, der sein ganzes Leben in Stockton verbracht hatte, bis er im Jahre 1938 verstorben war. *Es ist schön, wieder mit dir zu reden! Und gut, zu wissen, daß du uns nicht vergessen hast.*

»Wie geht es dir denn?« fragte Harry. »Entwirfst du immer noch neue Züge?«

Der andere glühte augenblicklich vor Stolz. *Ich habe den ultimativen Zug entworfen!* antwortete er. *Soll ich dir davon berichten?*

»Unglücklicherweise kann ich dir heute keine Zeit widmen.« Es tat Harry ehrlich leid. »Ich fürchte, meine Anwesenheit ist eher geschäftlicher Natur.«

Also, dann spuck's schon aus, Harry! forderte ihn ein anderer auf, ein Ex-Polizist, den Harry noch aus der Zeit des verstorbenen Sir Robert Peel kannte.

Wie können wir Ihnen helfen, Sir? fügte dieser freundlich und professionell hinzu, ganz der gemütliche Streifenpolizist, der er gewesen war.

»Es liegen ja ein paar Hundert von euch hier«, begann Harry. »Ist irgendjemand aus Rumänien dabei? Ich muß dorthin, und ich benötige Informationen über die Reise und außerdem eine Einführung. Die einzigen Leute, die ich in dieser Gegend kenne, sind ... schlechte Menschen.«

Eine Reihe von Stimmen quatschte augenblicklich durcheinander, doch eine drang bald durch und wandte sich direkt an Harry. Es war die Stimme eines Mädchens, süß und jung. *Ich kenne Rumänien,* sagte sie. *Jedenfalls einen Teil. Ich kam nach dem Krieg aus Rumänien hierher. Es gab dort Unruhen und Unterdrückung, und so schickten mich meine älteren Brüder zu einer Tante, die in England wohnte. Schon eigenartig, aber ich kam den ganzen Weg hierher, nur um eine Erkältung zu bekommen und an den Folgen zu sterben. Ich war noch so jung!*

»Kennst du jemanden, den ich besuchen kann und der mir weiterhilft?« Harry wollte nicht übereifrig erscheinen, doch eine gewisse Nervosität konnte er nicht verbergen. »Weißt du, es ist sehr wichtig!«

Meine Brüder werden dir gern den Weg weisen, Harry! sagte sie wie aus der Pistole geschossen. *Erst, seit du kamst, sind wir in der Lage, wieder ... miteinander zu sprechen. Wir schulden dir so viel!*

»Wenn das möglich wäre!« antwortete Harry. »Ich werde ein andermal zurückkommen und eine Weile mit dir – mit euch –

plaudern. Ich fürchte, im Augenblick darf ich keine Zeit verlieren. Wie heißen deine Brüder?«

Sie heißen Jahn und Dmitri Syzestu, sagte sie. *Warte einen Moment, dann rufe ich sie.* Sie sandte einen Ruf aus, und einen Moment später antworteten ihre Brüder. Sie klangen sehr leise, wie Stimmen an einem Telefon, das sich auf der anderen Seite der Welt befindet. Harry wurde ihnen vorgestellt.

»Wenn ihr einfach weiter mit mir redet«, erklärte Harry, »finde ich den Weg zu euch.«

Er verabschiedete sich von seinen Freunden im Friedhof von Hartlepool, suchte sich ein Raum-Zeit-Tor und trat hindurch ins Möbius-Kontinuum. »Jahn? Dmitri? Seid ihr noch da?«

Wir sind hier, Harry, und wir fühlen uns geehrt, daß wir dir auf diese Art helfen dürfen!

Er glitt auf ihre Stimmen zu und trat durch ein weiteres Tor direkt in die graue Morgendämmerung Rumäniens. Er befand sich auf einer langgestreckten Wiese neben einer halbverfallenen Mauerruine. Pferde standen auf der Wiese, doch sie konnten ihn natürlich nicht sehen. Die Tiere schliefen; ihre Flanken bebten manchmal, und auf ihren Fellen glänzten Tautropfen. Wie Dampfstrahlen drang die warme Luft aus ihren Nüstern. In einiger Entfernung erloschen gerade die letzten Lampen in einer kleinen Stadt, als sich die Sonne zögernd über den Horizont im Osten heraufschob.

»Wo befinde ich mich?« fragte Harry die Syzestu-Brüder.

Dieser Ort heißt Cluj, sagte Jahn, der ältere. *Das ist einfach nur eine Wiese, kein richtiger Friedhof. Wir waren im Gefängnis – politische Häftlinge – und wir flohen. Bewaffnete verfolgten uns, und hier erwischten sie uns dann, als wir gerade über die Mauer klettern wollten. Nun sage uns, Harry Keogh, wie wir dir weiter behilflich sein können.*

»Cluj?« fragte Harry ein bißchen enttäuscht. »Ich glaube, ich muß nach Süden oder mehr nach Osten sogar – über die Berge.«

Das ist kein Problem! Dmitri, der jüngere der Brüder, war aufgeregt. *Unsere Eltern liegen Seite an Seite im Hauptfriedhof von Pitesti. Wir haben erst vor ganz kurzer Zeit mit ihnen gesprochen!*

Das haben sie, erklang eine neue, strengere Stimme aus einiger Entfernung. *Du bist uns herzlich willkommen, Harry, falls du den Weg zu uns her finden kannst.*

Harry verabschiedete sich überhastet von den Brüdern und trat wieder ins Möbius-Kontinuum ein.

Kurze Zeit später befand er sich auf dem vom Morgennebel verschleierten Hauptfriedhof von Pitesti.

Wen suchst du denn? fragte Franz Syzestu.

»Er heißt Ladislau Giresci«, sagte Harry. »Alles, was ich weiß, ist, daß er vor relativ kurzer Zeit in seinem Haus in der Nähe einer Stadt namens Titu starb.«

Titu? wiederholte Anna Syzestu. *Na, das ist doch bloß fünfzig Kilometer oder so von hier entfernt! Und noch dazu haben wir Freunde, die dort beerdigt sind.* Sie war offensichtlich stolz darauf, dem Necroscope behilflich zu sein. *Greta, hörst du mich?*

Aber sicher! erklang eine neue Stimme, die ein wenig boshaft und scharf auf Harry wirkte. *Und ich habe den richtigen Mann gleich nebenan!*

Siehst du? sagte Anna Syzestu im besten Ich-habe-es-dir-doch-gleich-gesagt-Tonfall. *Wenn du jemanden in Titu suchst, frage einfach Greta Mirnosti. Sie kennt alle!*

Harry Keogh? Nun drängte sich eine männliche Stimme vor. *Ich bin Ladislau Giresci. Möchtest du näher kommen, oder reicht es auch so?*

»Bin schon auf dem Weg!« rief Harry. Er bedankte sich bei den Syzestus und glitt durch das nächste Raum-Zeit-Tor hinüber zu Girescis Ruhestätte in Titu. Endlich befand er sich in der Anwesenheit des Vampirexperten selbst und fragte respektvoll: »Sir, ich bin der Überzeugung, daß Sie mir helfen können. Würden Sie das tun?«

Junger Mann, sagte Giresci, *falls mich nicht alles täuscht, weiß ich, warum du hier bist. Als mich das letzte Mal jemand besuchte und über*

Vampire ausfragte, hat es mich das Leben gekostet! Wenn es jedoch eine Möglichkeit gibt, dir behilflich zu sein, Harry Keogh, irgendeine Möglichkeit, werde ich das nur zu gern tun!

»Es war Boris Dragosani, der Sie besucht hat, nicht wahr?« fragte Harry.

Harry fühlte, wie der andere schauderte. Giresci besaß wohl keinen Körper mehr, doch die Erwähnung dieses Namens erschreckte ihn immer noch.

In der Tat, antwortete Giresci nach leichtem Zögern. *Dragosani. Als ich ihn kennenlernte, ahnte ich das nicht, aber er war bereits einer von ihnen. Oder so gut wie ... Es war ihm selbst nicht bewußt, jedenfalls nicht ganz, doch das Böse steckte in ihm.*

»Er schickte Max Batu, damit er Sie mit dem Bösen Blick tötete.«

Ja, denn zu der Zeit war mir klar geworden, was er war. Das ist die Sache, die ein Vampir am meisten fürchtet: daß Menschen ihn als das erkennen, was er ist. Jeder, der ihn im Verdacht hat, muß sterben. Also tötete der kleine Mongole mich und stahl meine Armbrust.

»Die war für Dragosani bestimmt. Er benützte sie, um drüben in den Kreuzhügeln Thibor zu töten.«

Dann diente sie wenigstens einem guten Zweck! Ah, aber wenn du Thibor erwähnst, sprichst du von einem wirklich großen *Vampir!* sagte Giresci. *Hätte Dragosani mit all seinem Potential zum Bösen so lange wie jener andere gelebt – ob lebend oder untot –, hätte die Welt an einer unheilbaren Krankheit gelitten!*

»Es tut mir leid«, sagte Harry ohne Bedauern in der Stimme, »aber ich kann an solchen Ungeheuern nichts Bewundernswertes finden. Und außerdem gab es jemanden, der noch größer war als Thibor, der vor ihm kam und der ihn überdauerte. Er hieß Faethor, und Thibor nahm seinen Familiennamen an. Zu Recht, denn Faethor machte ihn zum Vampir. Ich spreche natürlich von Faethor Ferenczy.«

Ladislau Girescis Stimme klang nur noch wie ein leises Wispern, als er antwortete: *In der Tat. Und mit ihm begann einst mein Interesse an den Untoten. Denn ich befand mich bei Faethor, als er starb. Stell dir das vor! Dieses Geschöpf war mindestens dreizehnhundert Jahre alt!*

»Über diese beiden will ich mehr wissen«, sagte Harry eifrig. »Thibor und Faethor. Zeit Ihres Lebens waren Sie ein Vampir-Experte. Wie sehr auch manche Menschen Ihre Besessenheit kritisieren oder Sie als einen Exzentriker betrachten mochten, haben Sie dennoch die Vampirmythen, die Legenden, die Bräuche erforscht. Sie betrieben Ihre Studien noch, als Sie starben, und ich schätze einmal, Sie haben sie auch danach noch fortgesetzt. Wie weit sind Ihre Forschungen gediehen, Ladislau? Wie kam es dazu, daß Thibor hier in den Kreuzhügeln begraben wurde? Und was geschah mit Faethor zwischen dem zehnten und dem zwölften Jahrhundert? Es ist wichtig für mich, diese Dinge in Erfahrung zu bringen, denn sie haben einen Bezug zu dem, was ich im Moment unternehme. Und was ich unternehme, hat mit der Sicherheit und der geistigen Gesundheit der gesamten Welt zu tun!«

Ich verstehe, sagte Giresci ernüchtert. *Aber, Harry, glaubst du nicht, du solltest dich mit jemandem unterhalten, der eine weit größere Autorität auf diesem Gebiet darstellt? Ich denke, das ließe sich arrangieren.*

»Was?« Harry war verblüfft. »Eine noch größere Autorität als Sie? Gibt es eine solche Person?«

Ahhhh! seufzte eine neue, ungeheuer kraftvolle Stimme. Sie klang schwarz wie die Nacht und tief wie die Wurzeln der Hölle, und sie schien von überall und von nirgendwo her gleichzeitig zu erschallen. *Oh ja, Haaarrry, es gibt – oder gab – eine solche Person. Und das bin ich. Niemand weiß mehr über die Wamphyri als ich, denn niemand hat so lange gelebt oder wird so lange leben wie ich. So schrecklich lang, daß ich, als es geschah, zu sterben bereit war. Oh, ich habe dagegen angekämpft, da kannst du sicher sein, aber zum Schluß war es das Beste. Nun habe ich meinen Frieden gefunden. Und ich habe es Ladislau Giresci zu verdanken, daß er mir diese endgültige, gnädige Erlösung verschaffte. Da er offenbar die größte Achtung vor dir empfindet – wie anscheinend alle Toten – muß ich mich wohl anschließen. Also komm zu mir, Harry Keogh, und laß deine Fragen von einem wirklichen Experten beantworten.*

Das war ein Angebot, das Harry nicht ausschlagen konnte. Natürlich war ihm augenblicklich klar gewesen, wer da sprach, und er fragte sich, warum er diese Möglichkeit nicht selbst schon in Betracht gezogen hatte. Diese Antwort hatte doch auf der Hand gelegen.

»Ich komme, Faethor«, sagte er. »Nur ein Augenblick, dann bin ich bei dir!«

FÜNFTES KAPITEL

Bis heute stehen vor den Außenbezirken von Ploiesti auf der Bukarest zugewandten Seite eine Reihe ausgebrannter Ruinen. Es sind Andenken an die alltäglichen Schrecken des Krieges. Die kläglichen Reste liegen wie zur Hälfte begrabene steinerne Leichen am Rand des offenen Landes. Im Sommer wirken sie eigenartig weitverzweigt, wenn die alten Bombenkrater von Blumen und Sträuchern und Leben erfüllt sind und der Efeu die zerschmetterten Mauern grün färbt. Erst im Winter, wenn Schnee liegt und der monochrome Anblick die hagere Realität des Landes zur Geltung bringt, wird die Zerstörung wirklich augenfällig. Die Rumänen haben die Gebäude niemals wieder aufgebaut, und auch in der näheren Umgebung keine neuen Siedlungen oder Stadtteile errichtet.

Hier hatte der Vampir Faethor Ferenczy endlich den Tod von der Hand Ladislau Girescis gefunden – im Zweiten Weltkrieg, während eines Bombenangriffs, der Ploiesti und Bukarest gegolten hatte.

Ein zersplitterter Deckenbalken hatte Faethor am Boden seines Arbeitszimmers festgenagelt, als sein Haus einen beinahe direkten Treffer erhielt. Er hatte sich vor den ihn umgebenden Flammen schrecklich gefürchtet, denn Vampire verbrennen nur sehr langsam. Giresci, damals Mitglied der Miliz, hatte die Explosion miterlebt, die brennende Ruine betreten und versucht, Faethor aus seiner Todesfalle zu befreien, doch ohne Erfolg. Es war hoffnungslos gewesen.

Dem Vampir war klar geworden, daß dies seinen endgültigen Tod bedeutete. In einer übermenschlichen Willensanstrengung hatte er Giresci befohlen, ihm ein schnelleres Ende zu bereiten. Und die einzige Methode dazu war noch immer die älteste: Da Faethor bereits einen Pflock in der Brust hatte, mußte ihn Giresci lediglich noch köpfen. Die Flammen besorgten den Rest – das uralte Ungeheuer verbrannte zusammen mit seinem Haus.

Die Dinge, die Giresci in diesem Haus des Schreckens erlebte, sollte er ein Leben lang nicht mehr vergessen. Dieses Erlebnis hatte ihn später zur Koryphäe für Vampirismus gemacht. Nun war Ladislau Giresci genauso tot wie Faethor, und immer noch stand der Vampir in seiner Schuld. Zumindest teilweise. Deshalb war er auch bereit, Harry Keogh seine Unterstützung angedeihen zu lassen. Zum anderen natürlich half er Keogh, weil dessen Aufgabe sich gegen Thibor, den Wallachen, richtete.

Der Winter war noch nicht angebrochen, als Harry Keogh an den Gedanken Faethors entlang glitt und aus dem Möbius-Raum mitten in jener von Kräutern und Sträuchern überwucherten Ruine auftauchte, die für den Vampir eine letzte Zuflucht auf Erden dargestellt hatte. Der Herbst hatte gerade erst richtig begonnen und die Bäume waren noch grün. Doch die Kälte, die Harry an diesem Ort spürte, hätte jedem normalen Mann das Gefühl gegeben, sich in einer grün angemalten Winterlandschaft zu befinden. Harry war allerdings alles andere als ein normaler Mann. Er wußte, daß dies eine geistige Kälte war, ein Wintersturm der Seele. Diese Art von psychischer Kälte war typisch für die Gegenwart einer übernatürlichen Macht. Eine solche war Faethor Ferenczy mit Bestimmtheit gewesen, wie Harry sehr wohl wußte. Und genauso sicher war auch Faethor klar, daß er sich einem ganz Mächtigen gegenüber befand.

Die Toten halten viel von dir, Harry, eröffnete der Vampir das Gespräch mit einer düsteren mentalen Grabesstimme. *Sie lieben dich sogar! Das ist schwer zu verstehen für jemanden, der niemals geliebt und verstanden wurde. Du bist keiner von ihnen, und dennoch lieben sie dich. Vielleicht liegt es mit daran, daß auch du, genau wie sie, keinen Körper mehr besitzt.* Nun schlich sich eine sarkastische Note in den Klang der Stimme. *Es ist beinahe, als ob du ... untot wärst!*

»Wenn es etwas an Vampiren gibt, das ich mittlerweile auswendig weiß«, kommentierte Harry gelassen, »dann ist es die Tatsache, daß sie Rätsel und Wortspiele lieben. Doch ich bin nicht hier, um Spielchen zu spielen. Ich werde aber deine Fragen beantworten. Warum lieben mich die Toten? Weil ich ihnen Hoffnung bringe. Weil ich nichts Böses im Schilde führe, sondern nur Gutes. Weil sie durch mich mehr sind als bloße Erinnerungen.«

In anderen Worten: Weil du eine reine Seele bist? Nun trieften die Worte des Vampirs vor Sarkasmus.

»Ich war niemals rein«, sagte Harry, »aber ich verstehe den Sinn deiner Worte und glaube, daß du der Wahrheit sehr nahe kommst. Was denn auch erklärt, warum die Toten nichts mit dir zu tun haben wollen. In dir liegt kein Leben, sondern nur Tod. Du warst selbst im Leben bereits tot. Du warst *der Tod!* Und wo auch immer deine Schritt hinführten, begleitete dich der Tod. Vergleiche also meinen Zustand nicht mit dem der Untoten, denn ich bin auch jetzt noch lebendiger, als du es jemals warst. Als ich hier ankam und noch bevor du sprachst, habe ich etwas bemerkt. Willst du wissen, was?«

Die Stille.

»Genau. Kein Hahn kräht. Kein Vogel singt. Selbst das Summen der Bienen fehlt. Die Sträucher sind üppig und grün, doch sie tragen keine Beeren. Nichts und niemand will dir nahe kommen, noch nicht einmal jetzt. Alles in der Natur spürt deine Gegenwart. Pflanzen und Tiere können nicht mit dir sprechen, so wie ich, aber sie wissen zumindest, daß du hier bist. Und sie meiden dich. Weil du böse warst. Sogar im Tod bist du noch etwas Böses. Also mache dich nicht über meine ›Reinheit‹ lustig, Faethor. *Ich* werde nie allein sein.«

Nach einem Augenblick des Schweigens sagte Faethor nachdenklich: *Für einen, der meine Hilfe braucht, bis du recht direkt, muß ich sagen!*

»Wir sind weit entfernte Pole«, erklärte Harry ihm. »Aber wir haben einen gemeinsamen Feind.«

Thibor? Warum hast du dann soviel Zeit mit ihm verbracht?

»Thibor ist der Ursprung dieser Probleme«, antwortete Harry. »Er ist – oder war – dein Feind, und was er zurückließ, ist nun mein Feind. Ich hoffte, bei ihm einiges in Erfahrung zu bringen, und hatte teilweise auch Erfolg. Jetzt sagt er mir nichts mehr. Du hast mir deine Hilfe angeboten, und ich bin hier, weil ich dein Angebot annehme. Aber wir müssen ja nicht so tun, als seien wir Freunde.«

Grundehrlich, sagte Faethor. *Deshalb lieben sie dich. Doch du hast recht: Thibor war und ist mein Feind. Wie sehr ich ihn auch bereits bestraft habe, kann ich ihn doch nie genug bestrafen. Also frage mich, was du willst, und ich werde alle Fragen beantworten.*

»Dann sag mir folgendes«, bat Harry, nun wieder mit Feuereifer. »Nachdem er dich brennend von der Mauer deiner Burg gestürzt hatte – was geschah danach mit dir?«

Ich werde es kurz machen, antwortete Faethor. *Ich spüre, daß dies nur ein Teil dessen ist, was du zu erfahren wünscht. Versetze dich also bitte noch einmal in jene Zeit vor tausend Jahren ...*

Ich hatte Thibor den Wallachen als meinen Sohn betrachtet; meinen Namen und mein Banner hatte ich ihm gegeben, und in seine Hände meine Burg, meine Länder und die Macht der Wamphyri gelegt – dieser Thibor hatte mich zutiefst verwundet. Tiefer als sogar er selbst es annahm. Dieser verfluchte, undankbare Hund!

In Flammen von der Mauer meiner eigenen Burg gestoßen, erlitt ich schreckliche Verbrennungen und wurde geblendet. Myriaden mir ergebener Fledermäuse flatterten mir zu Hilfe, als ich stürzte; sie wurden versengt und starben; sie dämmten jedoch die Flammen überhaupt nicht ein. Ich brach durch Baumkronen und Gestrüpp, taumelte in tausend Agonien den Steilhang der Schlucht hinab, wurde von Ästen und Steinblöcken zerschrammt und zerschlagen, bis ich schließlich auf dem Grund auftraf. Doch zum Glück wurde mein Sturz teilweise durch Laub gebremst, und ich fiel direkt in einen seichten Teich, der die Flammen löschte, die mein Wamphyrifleisch zu schmelzen trachteten.

Betäubt und so nahe dem Tod, wie ihm ein Vampir kommen und dennoch untot bleiben mochte, sandte ich einen Ruf aus, da ich meine treuen Zigeuner unten im Tal erreichen wollte.

Ich weiß, du verstehst, was ich meine, Harry Keogh. Wir haben beide die Fähigkeit, mit anderen auf einige Entfernung kommunizieren zu können. Mit dem Verstand allein zu sprechen, wie wir es jetzt tun.

Und die Szgany kamen. Sie nahmen meinen Körper aus dem ruhigen, heilenden Wasser und kümmerten sich um ihn. Sie trugen mich nach Westen über die Berge in das Königreich der Ungarn. Sie schützten mich davor, zu stark gebeutelt und herumgeschubst zu werden, verbargen mich vor potentiellen Feinden und mieden die sengenden Strahlen der Sonne. Und schließlich brachten sie mich an einen Ort, wo ich ruhen konnte. Ah! Und es war eine lange Ruhe: zur Erholung, um meine Gestalt wiederzufinden, eine Zeit der erzwungenen Zurückgezogenheit.

Ich habe bereits gesagt, daß Thibor mich verwundet hatte. Und *wie* verwundet ich war! Ernsthaft! Alle Knochen waren gebrochen: der Rücken, der Hals, die Schädelbasis und die Gliedmaßen. Der Brustkorb war eingedrückt, Herz und Lunge zerquetscht. Die Haut war vom Feuer abgeschält worden, von scharfen Zweigen und Dornen und Steinen zerschrammt. Selbst der Vampir in mir, der einen großen Teil meines Inneren in Anspruch nahm, war zerschlagen, zerrissen und versengt.

Eine Woche Heilung? Einen Monat? Ein Jahr? Nein – *hundert Jahre!*

Ein Jahrhundert, um meine Träume von blutroter oder nachtschwarzer Rache zu träumen!

Meine lange Wiederherstellung verbrachte ich in einer unzugänglichen Bergfestung. Es war allerdings eher eine Höhle als eine Burg. Und die ganze Zeit über pflegten mich meine Szgany, und ihre Söhne und deren Söhne. Die Töchter natürlich auch.

Langsam heilte ich. Der Vampir in mir heilte zuerst sich selbst und dann mich. Als Wamphyri wandelte ich wieder auf der Erde, übte meine Fähigkeiten, plante die Abenteuer, die ich erleben wollte, als sei Thibors Verrat erst gestern geschehen und meine Wunden nicht mehr als steife Gelenke.

Und es war eine schreckliche Welt, in der ich nun wieder wandelte, denn überall herrschten Kriege und große Leiden, Hungersnöte und Pestilenz. Schrecklich, jawohl, aber für mich war es das einzig wahre Leben! Denn ich war ein Wamphyri.

Ich erbaute eine kleine Burg an der Grenze zur Wallachei, beinahe uneinnehmbar, und ließ mich dort als Bojare mit beträchtlichem Vermögen nieder. Ich warb eine gemischte Truppe von Szgany, Ungarn und einheimischen Wallachen an, löhnte sie gut, bot ihnen Quartier und verköstigte sie, und galt allenthalben als Gutsherr und Heerführer. Die Szgany wären mir selbstverständlich bis ans Ende der Welt gefolgt – was sie denn auch taten – und das nicht aus Liebe, sondern eines eigenartigen Gefühls wegen, das in der wilden Brust jedes Szgany wogt. Nimm einfach an, daß ich eine große Macht darstellte, mit der sie sich verbunden fühlten.

Was meinen Namen betrifft, so wurde aus mir ein gewisser Stefan Ferrenzig, was in jener Gegend ein häufiger Name war. Doch das war nur der erste von vielen Namen, die ich führte. Dreißig Jahre nach meiner endgültigen Heilung wurde ich zu Stefans »Sohn« und nannte mich Peter, und wiederum dreißig Jahre später war ich Karl, und danach Grigor. Man sollte von einem Manne nicht glauben, er lebe zu lang, und ganz bestimmt nicht gar Jahrhunderte! Verstehst du?

Ich vermied es, die Grenze der Wallachei zu überschreiten. Denn es gab in der Wallachei einen, der bereits für seine Stärke und Grausamkeit bekannt war: einen mysteriösen Söldner-Woiwoden namens Thibor, der im Auftrag der wallachischen Prinzen ein kleines Heer befehligte. Und ich hegte nicht den Wunsch, *ihn* zu treffen, der eigentlich meine Ländereien und Besitztümer in der Horvathei hüten sollte. Nein, ich wollte ihm nicht begegnen, jetzt noch nicht! Oh, ich bezweifelte, daß er mich erkennen würde, denn ich war in höchstem Maße verändert. Doch sollte ich ihm über den Weg laufen, würde ich mich möglicherweise nicht beherrschen können! Was sich als fatal herausstellen mochte, denn während der Jahre meines Heilungsprozesses war er aktiv gewesen und stark geworden, ja, in der Tat war er die geheime Macht hinter dem Thron der Wallachei. Er hatte seine eigenen Szgany – die Szekely, sehr gut gedrillt, und er befehligte ja außerdem das Heer eines Prinzen, während ich lediglich eine ungeübte Bande von Zigeunern und Bauern anführte.

Nein, meine Rache konnte warten. Was bedeutet für einen Wamphyri schon Zeit, eh?

So wartete ich weitere sechzig Jahre, hielt mich zurück, benahm mich unauffällig und blieb im Verborgenen. Mittlerweile besaß ich eine beträchtliche Streitmacht, Männer, die für Geld kämpften, wilde Söldner, und ich überlegte mir, wie ich diese am besten nutzen könne. Ich war versucht, sie gegen Thibor und seine Wallachen einzusetzen, aber ein offener Kampf entsprach nicht meinen Neigungen. Ich wollte den Hund vor mir auf den Knien sehen, damit ich mit ihm nach meinem Gutdünken verfahren konnte. Ich wünschte definitiv keine Konfrontation auf dem Schlachtfeld, denn ich hatte seine Kraft und Schlauheit aus erster Hand kennengelernt. Möglicherweise hielt er mich mittlerweile für tot. Am besten beließ ich es dabei, denn meine Zeit würde kommen.

Und doch war ich ruhelos, fühlte mich eingepfercht wie ein

Stück Schlachtvieh. Hier stand ich nun, leidenschaftlich, stark, ein mächtiger Mann, und ich fand keine Möglichkeit, meine Kräfte zu erproben. Es war an der Zeit, in diese aufgewühlte Welt hinauszuschreiten.

Dann hörte ich von einem großen Kreuzzug der Franken gegen die Moslems. Die Welt befand sich im zweiten Jahr ihres dreizehnten christlichen Jahrhunderts, und zur gleichen Zeit segelte eine Flotte gen Zara. Ursprünglich hatten die Kreuzfahrer vorgehabt, Ägypten anzugreifen, das zu der Zeit das Zentrum der moslemischen Macht war, doch die Heere wurden Opfer einer langen Fehde mit Byzanz. Der alte Doge von Venedig, der die Flotte stellte und selbst ein erbitterter Feind der Byzantiner war, hatte die Landheere zuerst nach Ungarn umgeleitet. Zara, erst kürzlich von den Ungarn erobert, wurde von den Venezianern und den Kreuzfahrern gemeinsam im November des Jahres 1202 zurückerobert und geplündert, und zu dieser Zeit war ich bereits mit einer ausgewählten Schar meiner Anhänger nach dieser Stadt mit ihrer Schlüsselposition unterwegs. Der ungarische König, dessen Untertan ich nominell war, glaubte, ich ziehe in seinem Namen gegen die Kreuzfahrer, und legte mir keinen Stein in den Weg. Als ich jedoch Zara erreichte, trat ich in Dienst und Sold seiner Gegner und nahm das Kreuz, wie ich es beabsichtigt hatte.

Mir schien es am besten, in Gesellschaft der Kreuzfahrer in die Welt hinauszuziehen. Doch wenn ich auf baldige Kampfeinsätze gehofft hatte, wurde ich enttäuscht. Die Venezianer und die Franken hatten die Beute in der Stadt bereits untereinander aufgeteilt. Sie hatten sich wohl zuerst darum gestritten, aber schließlich geeinigt. Und nun beschlossen der Doge und Bonifazius von Montferrat, der den Zug leitete, den Winter in Zara zu verbringen.

Die eigentliche Absicht und der Hauptzweck dieses vierten Kreuzzugs war natürlich die Zerschlagung der Moslemreiche.

Viele Kreuzfahrer jedoch waren der Meinung, Byzanz habe die Christenheit während der gesamten Heiligen Kriege verraten und im Stich gelassen. Und mit einem Mal befand sich Konstantinopel, wie es auch genannt wurde, in unmittelbarer Reichweite des leidenschaftlichen Zorns der Kreuzritter. Darüber hinaus war Konstantinopel auch noch reich – sagenhaft reich! Irrsinnig reich! Die Aussicht auf eine solche Beute entschied denn auch über die Änderung der ursprünglichen Pläne. Ägypten mochte warten, die ganze Welt mochte warten – denn nun war das Angriffsziel die imperiale Hauptstadt selbst!

Ich will es kurz machen. Im Frühling setzten wir Segel nach Konstantinopel, unterbrachen die Fahrt ein paar Mal zu unterschiedlichen Zwecken, und im späten Juni lagen wir schließlich vor der kaiserlichen Hauptstadt. Ich nehme an, du kennst dich etwas in der betreffenden Geschichte aus. Monate dehnten sich zu Jahren, während moralische, religiöse und politische Auseinandersetzungen im Kreuzfahrerheer tobten und man sich nicht einigen konnte, ob die Eroberung und Plünderung der Stadt rechtens sei. Schließlich gewannen Habgier und Neid die Oberhand. Alle Pläne, von hier aus weiter in den Kampf gegen die Heiden zu ziehen, wurden schließlich aufgegeben.

Papst Innozenz III., die Haupttriebfeder des Aufrufs zum Kreuzzug, hatte bereits die Venezianer wegen der Plünderung von Zara exkommuniziert, und nun war er vollends entsetzt – doch in jener Zeit brauchten die Nachrichten nach beiden Seiten hin sehr lange, bis sie endlich ankamen. In den Augen der Kreuzfahrer leuchtete Konstantinopel wie ein Juwel am Ende ihrer Suche. Uns alle dürstete nach den unermeßlichen Reichtümern der Stadt. So einigte man sich über die Verteilung der Beute, und dann –

– Anfang April 1204 griffen wir an. Alle politischen Überlegungen und Intrigen wurden beiseite geschoben, denn nur aus diesem einen Grund befanden wir uns ja hier! So erschien es uns nun.

Ah! Und wie jauchzte da mein wildes Herz! Jede Faser meines Körpers schien vor Erregung zu vibrieren. Gold ist eine schöne Sache, aber Blut erst ...! Blut, das man vergießt, das man trinkt – Blut, das durch feurige Adern strömt!

Ich will dir erzählen, was wir beim Angriff erlebten. Zuerst einmal griffen wir die Schiffe der Griechen an, die am Goldenen Horn warteten, um uns daran zu hindern, unterhalb der Mauern anzulegen. Sie kämpften tapfer, aber erfolglos, obwohl ihre Mühe nicht ganz umsonst war. Das Griechische Feuer ist eine schreckliche Waffe – es entzündet sich und brennt selbst auf dem Wasser! Ihre Katapulte schleuderten es zwischen unsere Schiffe, und Männer sprangen brennend ins Meer und brannten dort weiter! Auch ich wurde von den Flammen erfaßt. Ich hatte fast knochentiefe Brandwunden an Schulter, Brust und Rücken. Ach! Ich war doch zuvor bereits verbrannt worden, und das von einem Experten! So angesengt stürzte ich mich trotzdem in den Kampf. Mein Schmerz diente dazu, mich anzuspornen! Denn dies war *mein* Tag!

Falls du dich fragen solltest, wie ich, ein Wamphyri, unter den sengenden Strahlen der Sonne kämpfen konnte: Ich trug einen weiten schwarzen Umhang nach Art der Moslem-Offiziere, dazu einen ledernen, mit Eisen beringten Helm, um meinen Kopf zu schützen. Auch kämpfte ich, wann immer es möglich war, mit dem Rücken zur Sonne. Wenn ich nicht im Getümmel stand – und glaube mir, es gab noch anderes zu tun als zu kämpfen – hielt ich mich selbstverständlich im Schatten oder im Inneren auf. Aber die Kreuzfahrer, ha! Wenn sie mich und meine Szgany kämpfen sahen, ha, wie beeindruckt sie waren! Vorher hatte man uns ignoriert, hatte uns für Pack gehalten, das zu Kampfbeginn die Reihen verlassen würde und lediglich als Futter für Feuer und Schwert dienen mochte, doch nun betrachteten uns sowohl die Franken, wie auch die Venezianer als Dämonen, als alles besiegende Höllenhunde. Wie froh sie gewesen sein dürften, uns auf ihrer Seite zu wissen. Jedenfalls glaubte ich das.

Doch ich sollte nicht abschweifen. Wir schlugen eine Bresche in die Stadtmauer am Blachernae-Viertel. Gleichzeitig brach genau in diesem Stadtteil ein Brand aus. Die Verteidiger waren verwirrt. Sie flohen in Panik, und wir schlugen sie nieder und strömten hinein in die fast menschenleeren Straßen, wo es kaum jemanden gab, der Widerstand leistete.

Wem standen wir denn schon gegenüber? Griechen, denen wir jetzt bereits den Wind aus den Segeln genommen hatten, ein undiszipliniertes Heer, das vor allem aus Söldnern bestand und das an der schlechten Führung der letzten Jahre litt. Dazu kamen Truppenteile, die mit Slawen und Petschenegen besetzt waren, und die kämpften nur, so lange Aussicht auf einen Sieg bestand, und wenn die Bezahlung stimmte. Auch fränkische Truppen kämpften dort, natürlich hin und her gerissen von ihren Gefühlen angesichts der Tatsache, daß sie gegen ihre eigenen Landsleute fochten. Die Varangische Garde, eine Kompanie, die sich aus Dänen und Engländern zusammensetzte, kannte ihren Kaiser Alexius III. als Thronräuber, der weder als Soldat, noch als Staatsmann irgendwelche herausragenden Fähigkeiten besaß. Unsere Arbeit kann man deshalb eher mit der eines Fleischhauers vergleichen. Diejenigen, die nicht gleich beim ersten Mal sterben wollten, flohen. Sie hatten keine andere Wahl. Nach wenigen Stunden saßen der Doge und die adligen Anführer der Franken bereits im Großen Kaiserpalast.

Von dort aus gaben sie ihre Befehle. Den kampf- und beutelüsternen Kreuzfahrern wurde mitgeteilt, daß Konstantinopel ihnen sei und daß sie drei Tage Zeit zum Plündern hätten. Sie waren die Sieger, also konnten sie kein Verbrechen begehen. Sie konnten mit der Hauptstadt, ihren Bewohnern und deren Besitztümern anstellen, was sie wollten. Kannst du dir vorstellen, wie es dort zuging?

Neunhundert Jahre lang war Konstantinopel der Mittelpunkt der christlichen Kultur gewesen, und nun wurde innerhalb von drei Tagen ein Höllenpfuhl daraus! Die Venezianer, die große Kunst stets bewunderten, schleppten griechische Meisterwerke und andere Kunstgegenstände tonnenweise weg, und außerdem Schätze aus kostbaren Metallen, so daß alles zusammen fast ihre Schiffe zum Sinken brachte. Was jedoch die Franken, die Flamen und viele andere Söldner unter den Kreuzfahrern betraf und auch mich und die meinen einschloß: Wir wollten einfach nur zerstören. Und wie wir zerstörten!

Wie wertvoll ein Gegenstand sein mochte, war er zu sperrig oder schwer, um weggeschleift oder weggetragen zu werden, wurde er auf der Stelle zu Trümmern reduziert. Wir wurden in unserer Gier beflügelt, wenn wir die reich bestückten Weinkeller betraten. In unserer Zerstörungswut hielten wir nur inne, um zu trinken, zu vergewaltigen oder zu morden. Nichts und niemand wurde verschont. Keine Jungfrau, die in diesem Zustand verblieben wäre, und nur wenige davon blieben überhaupt am Leben. War eine Frau zu alt, um auf unsere Becken gespannt zu werden, wurde sie eben mit kaltem Metall aufgespießt, und zu jung war ohnehin keine. Nonnenklöster wurden ausgeplündert und die Nonnen als Huren benutzt ...

Männern, die nicht geflohen, sondern geblieben waren, um ihre Häuser und Familien zu schützen, schlitzten wir die Bäuche auf und ließen sie neben ihren dampfenden Innereien auf den Straßen liegen. Die Gärten und Plätze der Stadt füllten sich mit den Leichen der Einwohner – vor allem denen von Frauen und Kindern.

Und ich, Faethor Ferenczy, den Franken als der Schwarze oder auch der Schwarze Grigor bekannt, der ungarische Teufel, ich befand mich immer im dichtesten Getümmel. Wo es am heißesten zuging. Drei Tage lang befriedigte ich all meine Lüste und konnte nicht genug bekommen.

Ich war dessen nicht gewahr, aber das Ende – nicht mein Ende, doch das Ende des Ruhms, der Macht, der schrecklichen Berühmtheit – drohte bereits. Denn ich hatte die Grundregel der Wamphyri vergessen: Zeige nie zu deutlich, wie du dich von den anderen unterscheidest! Sei stark, aber nicht überwältigend stark. Zeige deine Lust, werde aber nicht zum unersättlichen Satyr. Und vor allem: Tue nichts, was Gleichgestellten oder jenen, die soviel Macht besitzen, um sich als deine Vorgesetzten zu fühlen, Angst vor dir einjagt!

Doch ich war von Griechischem Feuer verbrannt worden, und es hatte mich lediglich in Wut versetzt!

Und was meine Lust betraf: Für jeden Mann, den ich getötet, hatte ich eine Frau hergenommen, einmal sogar dreißig innerhalb eines Tages und einer Nacht!

Meine Szgany betrachteten mich als einen Gott – oder einen Teufel. Und schließlich, nun, schließlich hatten die Kreuzfahrer natürlich begonnen, mich zu fürchten. Mehr als alles, was sie auf dem ›Gewissen‹ hatten, mehr als alle Morde, Vergewaltigungen und Blasphemien, die *sie* begangen hatten, hatten *meine* Taten sie in Angst und Schrecken versetzt.

Ja, und sie brauchten unbedingt einen Sündenbock!

Ich glaube, auch ohne Papst Innozenz' fromme Proteste und Händeringen und Schreckensrufe hätte man mich schließlich ergriffen. Jedenfalls kam es, wie es kommen mußte. Der Papst war noch erzürnt wegen der Plünderung von Zara, hatte sich zunächst über die Eroberung von Konstantinopel gefreut, war aber entsetzt, als er von den begangenen Greueltaten vernahm. Nun sagte er sich von dem gesamten Kreuzzug los. Er schien keineswegs der Hilfe für die christlichen Soldaten im Kampf gegen den Islam gedient zu haben, sondern lediglich der Eroberung anderer christlicher Länder. Und dazu noch diese Blasphemien und das greuliche Verhalten der Kreuzfahrer an den heiligen Stätten Konstantinopels ...

Ich wiederhole: Sie benötigten einen Sündenbock und mußten nicht erst lange suchen. Ein gewisser »blutrünstiger Söldner, der in Zara angeworben wurde« entsprach durchaus den Anforderungen. In geheimen Kommuniqués hatte Innozenz befohlen, diejenigen, welche für solche »exzessiv brutalen und unnatürlich grausamen Taten« verantwortlich seien, dürften »weder Ruhm, noch reiche Belohnungen, noch Ländereien« für ihre barbarische Handlungsweise erhalten. Ihre Namen sollten nicht mehr von guten und treuen Männern erwähnt, sondern »aus allen Berichten für immer gestrichen« werden. Solchen großen Sündern dürfe man »weder Respekt noch Achtung entgegenbringen«, denn durch ihre Handlungen hätten sie sich als »allein der Verachtung würdig« erwiesen. Ha! Das war mehr als eine Exkommunizierung – es war ein Todesurteil!

Exkommunizierung ... Ich hatte in Zara das Kreuz aus reinem Eigennutz genommen. Es bedeutete mir nichts. Ein Kreuz ist nicht mehr als ein Abzeichen. Allerdings sollte ich dieses Abzeichen bald hassen lernen.

Wir hatten in den Außenbezirken der geplünderten Stadt ein großes Haus besetzt, meine Szgany und ich. Es war wohl so etwas wie ein kleiner Palast gewesen, und nun war es voll von Wein und Beute und Prostituierten. Die anderen aus Söldnern zusammengesetzten Truppen hatten ihre Beute den vorgesetzten Kreuzrittern überstellt, damit sie wie vorher angeordnet aufgeteilt wurde, doch ich hatte mich davor gedrückt. Denn wir waren noch nicht bezahlt worden! Nun, vielleicht irrte ich mich diesbezüglich, aber auf jeden Fall war unsere Beute ein zusätzlicher Reibungspunkt für den Haß der verräterischen Kreuzfahrer.

Sie kamen in der Nacht, was ihr Fehler war. Ich bin – oder war – schließlich ein Wamphyri, und die Nacht war mein Element.

Eine Vorahnung meiner vampirischen Sinne hatte mich vor einem herannahenden Unheil gewarnt. Ich war wach und aufmerksam, als der Angriff erfolgte. So weckte ich meine Männer und stürzte mich in den Kampf. Allerdings umsonst, denn sie waren um vieles in der Überzahl und meine Männer schliefen noch halb. Als das Haus zu brennen anfing, wurde mir klar, daß wir nicht gewinnen konnten. Und hätte ich alle diese Angreifer zurückgeschlagen, wäre es doch nur ein Bruchteil des gesamten Heeres gewesen. Möglich, daß sie mit den anderen um die Ehre gewürfelt hatten, mich zu töten und zu berauben. Und darüber hinaus: Falls sie ahnten, was ich war – und das Feuer im Haus ließ darauf schließen, daß sie es erkannt hatten –, war meine Lage ganz eindeutig aussichtslos.

Ich riß Gold und eine Menge Edelsteine an mich und floh hinaus in die Dunkelheit. Auf dem Weg schleppte ich einen meiner Angreifer ein kurzes Stück mit, um Einzelheiten in Erfahrung zu bringen. Er war ein Franke, nur ein junger Bursche, und ich machte seinem Leben ein schnelles Ende, denn ich hatte keine Zeit zu verlieren. Bevor er starb, erzählte er mir aber noch, wie es zu diesem Angriff gekommen war. Von jenem Tage an bis heute habe ich das Kreuz verabscheut, genau wie all jene, die es tragen und in seinem Schatten oder unter seinem Einfluß leben.

Von meinen Szgany entkam kein einziger Mann, wie ich glaubte. Ich erfuhr allerdings später, daß man zwei der Männer gefangengenommen hatte, um sie zu befragen. So stand ich in jener Nacht in einiger Entfernung und beobachtete, wie die Flammen aus dem Haus loderten. Und da die Kreuzfahrer einen Ring um das Inferno gebildet hatten, mußten sie wohl annehmen, daß ich in den Flammen umgekommen sei. Gut so – ich wollte ihnen diese Illusion nicht nehmen.

Und jetzt war ich allein und fern von meinem Zuhause. Nun, hatte ich nicht etwas von der Welt sehen wollen?

Ich sagte, ich befand mich fern von meinem Zuhause. Wenn man die Entfernung in Kilometern mißt, ist diese Angabe jedoch alles andere als präzise. Wo war eigentlich meine Heimat? Ich konnte schwerlich nach Ungarn zurückkehren, jedenfalls nicht in nächster Zeit. Die Wallachei kam nicht in Frage, und meine alte Burg in der Horvathei an der Grenze nach Rußland war nur noch eine Ruine. Was sollte ich also tun? Wohin sollte ich mich wenden? Ach, die Welt ist doch so groß!

Meine Abenteuer von da an in allen Einzelheiten zu erzählen, würde zu lange Zeit in Anspruch nehmen. Ich werde nur kurz meine Taten und Wege umreißen, und du solltest mir das vergeben oder selbst alle größeren Lücken und Zeitsprünge füllen.

Nach Norden zu gehen kam gar nicht in Frage, und genauso wenig wollte ich nach Westen ziehen. Also ging ich in östlicher Richtung los. Man schrieb das Jahr 1204. Muß ich dich daran erinnern, welcher außergewöhnliche Mann nur zwei Jahre später in der Mongolei auftauchte? Natürlich nicht. Temudschin hieß er und wurde später Dschingis Khan genannt. Ich schloß mich ihm an und half dabei, die letzten selbständigen Mongolenstämme zu unterwerfen und zu vereinigen. Ich erwies mich als fähiger Kriegsführer, und er zollte mir einigen Respekt. Mit einiger Mühe hatte ich mein Aussehen, vor allem meine Gesichtszüge, verändert, damit ich zu den Menschen meiner Umgebung paßte. Mein Vampirfleisch ließ sich durch bloße Willenskraft durchaus verformen. Der Khan wußte zwar, daß ich kein Mongole war, doch ich wurde akzeptiert. Und später nahm er ohnehin eine Menge Söldner in seinen Dienst, so daß ich keineswegs mehr eine Besonderheit darstellte.

Im Feldzug gegen die Chin war ich an seiner Seite, als wir diese große Mauer überwanden, und nach seinem Tod erlebte ich den totalen Zusammenbruch des Chin-Imperiums. Meine ›Loyalität‹ galt sodann dem Enkel des Dschingis – Batu. Ich hätte meine Dienste anderen Mongolenführern anbieten können, doch Batus Ziel war Europa! Allein dorthin zurückzukehren, kam für mich nicht in Frage, aber sehr wohl eine Rückkehr als General eines Mongolenheers!

In einem Blitzangriff überrannten wir im Winter 1237 auf 1238 die russischen Fürstentümer. 1240 erstürmten wir Kiew und brannten es nieder. Von dort aus zogen wir gegen Polen und

Ungarn. Nur der Tod des Großkhans Ogedei 1241 rettete das zentrale und westliche Europa. Es gab Streitigkeiten in Bezug auf die Thronfolge, und der weitere Vorstoß nach Europa wurde aufgegeben.

Später war es dann an der Zeit, daß der »Fereng«, wie man mich nannte, wieder einmal »starb«. Ich erhielt die Genehmigung, in ein angebliches Heimatland weit im Westen zu reisen. Mein »Sohn« schloß sich bald darauf Húlegú bei dessen Angriff auf die Assassinen und das Kalifat an. Als Fereng der Schwarze, Sohn des Generals Fereng, half ich Húlegú, die Assassinen vernichtend zu schlagen und war beim Fall von Bagdad 1258 zugegen. Ach, doch nur wenig mehr als zwei Jahre später erlitten wir selbst beim verfluchten Ein Schalut im sogenannten Heiligen Land eine vernichtende Niederlage gegen die Mameluken, und damit war die Macht der Mongolen gebrochen.

In Rußland bestand die Mongolenherrschaft noch bis Ende des vierzehnten Jahrhunderts, doch »Herrschaft« bedeutet auch Frieden, und mich dürstete auf unersättliche Weise nach Kampf. Ich blieb noch vierzig Jahre bei ihnen, aber dann schied ich von den Mongolen und suchte mir anderswo einen schönen Krieg.

Ich kämpfte tatsächlich im Namen des Islam! Ich war nun ein Ottomane, ein Türke! Ha! Was für ein Leben als Söldner! Ja, ich wurde zum Ghazi, einem Moslemkrieger, und focht gegen die Polytheisten. Zweihundert Jahre lang war mein Leben ein nicht enden wollender Strom von Blut und Tod. Unter Bayezid wurde die Wallachei zum Vasallenstaat, den die Türken als Eflak bezeichneten. Ich hätte zu der Zeit zurückkehren und Thibor suchen können, der sich mit seinen Szekely in die Berge Transsylvaniens zurückgezogen hatte, doch ich war damit beschäftigt, anderweitig blutige Ernte einzufahren. Mitte des fünfzehnten Jahrhunderts war die Gelegenheit endgültig vorüber. Die Grenzen des Ottomanenstaates schrumpften erheblich, als Mehemmed II. den Thron bestieg. 1431 hatte Sigismund, der Kaiser des

Heiligen Römischen Reiches, Wlad II. von der Wallachei den Drachenorden verliehen, verbunden mit dem Auftrag, die heidnischen Türken zu vernichten. Und wer war Wlads Helfer bei seiner »heiligen« Aufgabe? Wer war seine schärfste Waffe im Krieg? Thibor natürlich!

Seltsam, aber ich hörte mit einem gehörigen Stolz von Thibors Taten. Er metzelte nicht nur die heidnischen Türken nieder, sondern auch Tausende von Ungarn, Deutschen und anderen Christen. Ja, er war der wahre Sohn seines Vaters!

Wenn er nur nicht so unfolgsam gewesen wäre. Schlimm für ihn, daß seine Unfolgsamkeit mir gegenüber keineswegs seine einzige Schwäche war. Wie ich damals am Ende meines Abenteuers mit den Kreuzfahrern, so vernachlässigte er ebenfalls die Vorsicht, die für einen Wamphyri lebensnotwendig war. Er wurde von den Szekely verehrt, stellte sich jedoch auf eine Stufe mit seinen Vorgesetzten, den wallachischen Prinzen, und wurde auf Grund seiner Exzesse ein berüchtigter Mann. Im ganzen Land fürchtete man ihn. Kurz gesagt, er stand im Blickpunkt der Öffentlichkeit. Und falls ein Vampir seine Langlebigkeit schätzt, sollte er auf keinen Fall auffallen!

Aber Thibor war völlig unkontrolliert in seiner Grausamkeit! Wlad, der Pfähler, Radu, der Schöne und Mircea, der Mönch hatten ihn jeweils mit dem Schutz der Wallachei und der Niederwerfung ihrer Gegner betraut, Aufgaben, die er nur zu gern übernahm und in höchstem Maße effektiv durchführte. Es ist wirklich so: Der Pfähler, einer der beliebtesten Schurken der Geschichtsschreibung, hat seinen Ruf zu Unrecht erhalten. Sicher, er war grausam, doch letzten Endes hielt er für Thibors Taten her! Thibor mag nun geschlagen sein, doch das Entsetzen über seine fürchterlichen Taten wird weiterleben.

Nun laß mich fortfahren. Als ich zu lange bei den Türken verweilt hatte, verließ ich sie schließlich, während ihr Reich bereits zerbröckelte, und kehrte in die Wallachei zurück. Der Zeitpunkt war gut gewählt. Thibor war zu weit gegangen. Mircea hatte den Thron kürzlich bestiegen und füchtete seinen dämonischen Woiwoden sehr. Auf diesen Augenblick hatte ich lange gewartet.

Als ich die Donau überquerte, sandte ich Wamphyri-Gedanken voraus und suchte nach meinen Zigeunern. Wo steckten sie? Erinnerten sie sich noch an mich? Dreihundert Jahre sind eine lange Zeit. Aber es war Nacht, und ich war der Herr der Nacht. Meine Gedanken flogen auf den Flügeln der dunklen Winde in alle Winkel der Wallachei und ins Gebiet der vom Schatten bedeckten Berge. Träumende Romany an ihren Lagerfeuern vernahmen meinen Ruf und erwachten. Sie blickten sich gegenseitig verwundert an. Denn von ihren Großvätern hatten sie eine Legende gehört – und die hatten es wieder von ihren Großvätern vernommen –, daß ich eines Tages zurückkehren würde.

1206 waren zwei meiner Szgany-Söldner heimgekommen, jene beiden, die in der Nacht des feigen Verrats der Kreuzfahrer verhört und schließlich verschont worden waren, und mit ihnen war diese schreckenerregende Sage entstanden. Und nun war ich da und nicht länger nur eine legendäre Figur in den Erzählungen der Alten. »Vater, was sollen wir tun?« flüsterten sie in die Nacht hinein. »Sollen wir zu deiner Begrüßung erscheinen, Herr?«

»Nein«, sprach ich zu ihnen über all jene Flüsse und Wälder und Kilometern hinweg. »Ich habe noch etwas zu erledigen, das nur ich allein vollbringen kann. Zieht in die Carpatii Meridionali und bringt mein Haus in Ordnung, damit ich dort wohnen kann, wenn meine Arbeit getan ist.« Und ich wußte, daß sie meinem Befehl Folge leisten würden.

Dann ... besuchte ich Mircea in Targoviste. Thibor befand sich auf einem Kriegszug an der ungarischen Grenze und war somit ein gutes Stück entfernt. Ich zeigte dem Prinzen lebendes Vampirfleisch, das ich aus meinem eigenen Körper entnommen hatte, und behauptete, es stamme von Thibor. Dann verbrannte ich es, weil er der Ohnmacht nahe schien. Das zeigte ihm eine Methode, wie man einen Vampir töten kann. Ich berichtete ihm auch von der anderen Art, dies zu erreichen: dem Pflock und der Enthauptung. Dann befragte ich ihn über die Langlebigkeit seines Woiwoden. Kam es ihm nicht eigenartig vor, daß Thibor mindestens dreihundert Jahre alt sein mußte? Nein, antwortete er, denn das sei ja nicht *ein* Mann gewesen, sondern mehrere. Sie seien alle Teil der gleichen Legende gewesen, und sie nahmen alle den gleichen Namen – Thibor – an. Alle hatten über die Jahrhunderte unter dem Banner mit Teufelskopf, Fledermaus und Drachen gekämpft.

Ich lachte ihn aus.

Warum? Ich hatte die Chroniken der Russen genau studiert und wußte ganz sicher, daß dieser Mann – dieser *eine* Mann – sich vor dreihundert Jahren als Bojar am Hof in Kiew aufgehalten hatte. Zu jener Zeit sei das Gerücht umgegangen, er sei ein Wamphyri. Die Tatsache, daß er immer noch am Leben war, untermaure dieses Gerücht. Er war ein gieriger Vampir, und nun gelüste es ihm, so behauptete ich, nach dem Thron der Wallachei!

Ob ich irgendeinen Beweis für meine Anschuldigungen habe, fragte mich der Prinz.

Ich erinnerte ihn, er habe sein Vampirfleisch gesehen.

Es hätte das Fleisch jedes dieser abscheulichen Vampire sein können, erwiderte er.

Ich habe mich der Suche nach Vampiren gewidmet und wolle jeden vernichten, den ich aufspüren konnte, sagte ich ihm. Die Jagd nach diesen Geschöpfen habe mich bis nach China geführt, in die Mongolei, ins Türkenreich, nach Rußland – und ich spräche viele Sprachen, um das alles zu beweisen. Als Thibor in der Schlacht verwundet worden war, sei ich dabei gewesen, habe einen Brocken seines Fleisches an mich genommen, und dieser sei zu dem herangewachsen, was der Prinz gesehen hatte. Welche Beweise benötige er noch?

Keine. Auch er habe Gerüchte vernommen, habe einen Verdacht gehegt, Zweifel ...

Der Prinz fürchtete Thibor ohnehin, aber was ich ihm berichtet hatte – und das war ja größtenteils die Wahrheit gewesen, außer was Thibors Ehrgeiz in Bezug auf den Thron betraf –, hatte ihm vollends Angst eingejagt. Wie konnte er mit diesem Ungeheuer verfahren?

Ich erklärte es ihm. Er mußte Thibor unter irgendeinem Vorwand zu sich bestellen, vielleicht, um ihn einer hohen Ehrung zu unterziehen! Ja, das wäre das Richtige. Vampire haben ihren Stolz, haben ein Ohr für Schmeicheleien, und wenn man diese vorsichtig und nicht übertrieben anwendet, kann man sie damit gewinnen. Mircea sollte Thibor mitteilen lassen, daß er ihn zum Generalwoiwoden der Wallachei erheben wolle, und damit zu seinem Stellvertreter.

»Macht? Die besitzt er doch schon.«

»Dann teilt ihm mit, daß ein Rang in der Thronfolge für ihn durchaus im Bereich des Möglichen liege!«

»Was?« Der Prinz überlegte. »Ich muß mich beraten lassen.«

»Lächerlich!« Ich wurde energisch. »Er mag Verbündete unter Euren Beratern haben! Wißt Ihr nicht, wie einflußreich er ist?«

»Sprecht weiter!«

»Wenn er kommt, werde ich dabei sein. Er muß allein kommen. Seine Truppen sollen an der ungarischen Grenze verbleiben, um die Scharmützel dort fortzusetzen. Später können sie ihre Befehle erhalten, die sie anderen, vertrauenswürdigeren Generälen unterstellen. Ihr müßt ihn allein empfangen – und bei Nacht.«

»Allein? Bei Nacht?« Mircea, der Mönch, schauderte vor Angst.

»Ihr müßt mit ihm trinken. Ich werde Euch Wein geben, mit dem Ihr ihn betäuben könnt. Allerdings ist Thibor stark, und kein Gift im Wein würde vermögen, ihn zu töten. Es kann sein, daß er noch nicht einmal bewußtlos wird. Aber der Wein wird seine Sinne betäuben, wird ihn dumm und taumelig machen wie einen Betrunkenen. Ich werde in der Nähe sein und vier oder fünf der zuverlässigsten Mitglieder Eurer Garde dabei haben.

Wir werden ihn nackt einsperren, und zwar in ein Verließ Eurer Wahl. Es muß ein besonderer Raum sein, irgendwo innerhalb des Schlosses. Wenn dann die Sonne aufgeht, werdet Ihr sehen, daß Ihr einen Vampir gefangen habt. Die Strahlen der Sonne auf seiner Haut werden ihn foltern! Doch das allein wird noch keinen Beweis liefern. Nein, es ist wesentlich, daß wir Gerechtigkeit walten lassen! Er wird gefesselt sein, und nun müßt Ihr gewaltsam seine Kiefer öffnen. Ihr werdet seine Zunge sehen, oh Prinz, gespalten wie die einer Schlange und rot vor Blut! Dann muß sofort ein Hartholzpflock durch sein Herz getrieben werden. Vor allem das wird ihn bewegungsunfähig machen. Nun in einen Sarg mit ihm und weg an einen geheimen Ort. Er muß begraben werden, wo ihn niemand jemals findet, ein Ort, den zu betreten allen Menschen von nun an verboten sein wird.«

»Reicht das aus?«

Ich garantierte dem Prinzen, daß diese Maßnahmen ausreichten. Und das bewahrheitete sich ja dann auch, genau wie ich es vorhergesagt hatte.

Von Targoviste zu den Kreuzhügeln sind es vielleicht zweihundert Kilometer. Thibor wurde so schnell wie möglich dorthin transportiert. Heilige Männer begleiteten uns den ganzen Weg entlang. Ihre Exorzismus-Riten erklangen pausenlos, bis mir schlecht wurde. Ich war mit einer einfachen schwarzen Kutte bekleidet wie ein Mönch und hatte die Kapuze über meinen Kopf gezogen. Niemand außer Mircea und einer Handvoll Beamter im Schloß hatte mein Gesicht gesehen, und die hatte ich mir mit meinen Blicken untertan gemacht – hypnotisiert, würdet ihr heute sagen.

Dort wurde aus Steinen, die am Ort gebrochen wurden, hastig eine Art primitives Mausoleum errichtet. Weder Name noch Titel stand darauf geschrieben, und auch keine anderen besonderen

Zeichen. Es stand geduckt und drohend auf einer düsteren Lichtung, und so, wie es wirkte, hielt es die Neugierigen bereits davon ab, es genauer zu untersuchen. Jahre später schlug irgendjemand Thibors Abzeichen in den Stein, vielleicht als zusätzliche Warnung. Oder vielleicht fand irgendeiner seiner Anhänger unter den Szekely dieses Grab und markierte es, hatte jedoch nicht den Mut, es zu öffnen.

Doch ich habe meiner Geschichte vorgegriffen.

Wir brachten ihn also dorthin in die Vorberge der Karpaten, und dort wurde er in ein vier oder fünf Fuß tiefes Loch in die dunkle Erde gelegt. Er war in massive Ketten aus Eisen und Silber eingewunden, und der Pflock stak nach wie vor in seiner Brust und nagelte ihn sicher in seinem Sarg fest. Er lag totenbleich da und wirkte auf alle wie eine Leiche. Doch ich wußte es besser.

Die Nacht senkte sich über uns. Ich sagte den Soldaten und Priestern, daß ich nunmehr hinabklettern und Thibor enthaupten werde. Dann wolle ich ein Feuer aus Zweigen in seinem Grab entfachen, um ihn zu verbrennen, und wenn das Feuer erlosch, sollte die Grube aufgefüllt werden. Es sei eine gefährliche, hexerische Arbeit, erklärte ich, die nur im Schein des Mondes verrichtet werden könne. Falls ihnen ihr Seelenheil lieb sei, sollten sie sich nun zurückziehen. So wandelten sie von dannen und erwarteten mich drunten in der Ebene.

Die dünne Mondsichel stieg am Nachthimmel auf. Ich blickte auf Thibor herab und sprach zu ihm in der Gedankensprache der Wamphyri. »Ah, mein Sohn, und so ist dieser Augenblick nun gekommen. Ein sehr, sehr trauriger Tag für einen liebenden Vater, der einem undankbaren Sohn große Kräfte verlieh, die jedoch verschwendet waren. Ein Sohn, der seinen Vater nicht ehrte und deshalb dem Wandel der Welt zum Opfer fiel. Erwache, Thibor, und laß auch das erwachen, was in dir ist, denn ich weiß, daß du nicht tot bist!«

Seine Augen öffneten sich einen Spalt, als er meine Worte vernahm, und dann riß er sie in plötzlichem Verstehen weit auf. Ich streifte meine Kapuze zurück, damit er mich sehen konnte, und lächelte auf eine Weise, an die er sich bestimmt erinnerte. Er erkannte mich und fuhr sichtlich zusammen. Dann nahm er seine Umgebung wahr – und schrie! Ach, wie er schrie!

Ich warf Erde auf ihn hinab. Er brüllte: »Gnade!«

»Gnade? Aber bist du nicht Thibor, der Wallache, dem man den Namen Ferenczy verlieh und befahl, in seiner Abwesenheit die Länder und Besitztümer von Faethor, dem Wamphyri, zu hüten? Und falls du derjenige bist, was tust du dann hier, fern von dem Ort, an dem deine Pflichten liegen?«

»Gnade! Gnade! Laß mir meinen Kopf, Faethor!«

»Das habe ich vor.« Ich warf mehr Erde hinein.

Er begriff, was ich vorhatte, und wurde beinahe verrückt. Er bebte und vibrierte und drohte, sich sogar von seinem Pflock loszureißen. Ich senkte eine lange, kräftige Stange in sein Grab und schlug damit den Pflock fester hinein, so daß er den Boden des Sargs durchdrang. Den Deckel des Sargs ließ ich an der Seite des Loches liegen. Warum ihn bedecken und nicht mehr sehen können, wie verzweifelt und verängstigt er dreinblickte?

»Aber ich gehöre doch zu den Wamphyri!« kreischte er.

»Du hättest dazugehören können«, sagte ich. »Ach, was hättest du alles sein können! Doch nun bist du nichts.«

»Du alter Bastard! Wie ich dich hasse!« tobte er mit Blut in den Augen, den Nasenlöchern, und mit verzerrtem Mund.

»Das beruht auf Gegenseitigkeit, mein Sohn.«

»Du hast Angst. Du fürchtest mich. *Das* ist der Grund!«

»Grund? Du wünscht, den Grund zu erfahren? Wie ergeht es meiner Burg in der Horvathei? Was ist mit meinen Bergen, meinen dunklen Wäldern, meinen Ländereien? Ich will es dir sagen: Die Khans haben das Land mehr als ein Jahrhundert lang beherrscht. Und wo warst du, Thibor?«

»Es stimmt also!« schrie er durch die Erde hindurch, die ich auf ihn schaufelte. »Du hast Angst vor mir!«

»Wenn das stimmte, würde ich dich mit Sicherheit enthaupten.« Ich lächelte. »Nein, ich hasse dich lediglich mehr als alle anderen. Erinnerst du dich daran, wie du mich verbranntest? Ich habe dich hundert Jahre lang verflucht, Thibor. Jetzt bist du dran und kannst mich verfluchen – für alle Ewigkeit. Oder bis du in der dunklen Erde zu einem Stein erstarrt bist.«

Und ohne noch weiter auf ihn einzugehen, füllte ich das Grab auf.

Als er nicht mehr in der Lage war, mit seinem Mund zu schreien, schrie er mit seinen Gedanken. Ich genoß jeden einzelnen Schrei.

Dann entfachte ich ein kleines Feuer, um die Soldaten und die Priester zu täuschen, und wärmte mich eine Stunde lang daran, denn die Nacht war kühl. Danach stieg ich in die Ebene hinab.

»Lebwohl, mein Sohn«, sagte ich zu Thibor. Und dann sperrte ich ihn aus meinem Geist aus, so wie ich ihn für immer aus der Welt der Lebenden ausgesperrt hatte.

»Und so hast du dich an Thibor gerächt«, sagte Harry, als Faethor innehielt. »Du hast ihn für immer lebendig – oder untot – begraben. Nun, das mag deinen eigenen grausamen Gelüsten gedient haben, Faethor Ferenczy, aber der Welt im Allgemeinen hast du bestimmt keinen Gefallen getan, als du ihm seinen Kopf gelassen hast. Er verdarb Dragosani und pflanzte ihm sein Vampirblut ein, und zwischendurch infizierte er den noch ungeborenen Yulian Bodescu, der nun selbst zum Vampir geworden ist. Hast du davon gewußt?«

Harry, sagte Faethor, *zu Lebzeiten war ich ein Meister der Telepathie, und im Tod ...? Oh, die Toten weigern sich, mit mir zu sprechen, und ich kann es ihnen nicht verdenken, aber nichts könnte mich daran hindern, ihre*

Unterhaltungen zu belauschen. Auf gewisse Weise, könnte man sagen, bin ich vielleicht auch ein Necroscope wie du. Ich habe die Gedanken so vieler belauscht. Und es gab dabei einige, die mich in besonderem Maße interessierten – vor allem, wenn es um diesen Hund Thibor ging. Ja, seit meinem Tod beobachte ich seine Aktivitäten mit neuem Interesse. Ich weiß auch von Boris Dragosani und Yulian Bodescu.

»Dragosani ist tot«, erzählte Harry unnötigerweise. »Aber ich habe mich mit ihm unterhalten, und er sagte mir, Thibor wolle zurückkehren, und zwar durch Bodescu. Aber wie könnte er das bewerkstelligen? Ich meine – Thibor ist tot, nicht länger nur untot, sondern richtig und endgültig tot, verwest und aus.«

Etwas von ihm ist auch jetzt noch vorhanden.

»Vampirmaterie, meinst du? Hirnloses Protoplasma, das sich in der Erde verbirgt, das Licht meidet und keinen bewußten Willen besitzt? Wie kann Thibor das benutzen, da er doch wohl seine Gewalt darüber verloren hat?«

Eine interessante Frage, kommentierte Faethor. *Thibors Wurzel – eine Ranke aus Fleisch, irgendein zufällig dort zurückgelassener Tentakel – scheint mir das genaue Gegenteil von dir und mir darzustellen. Wir sind nicht körperlich vorhanden: lebende Geister ohne materielle Körper. Und dieser Rest Thibors ist ... was eigentlich? Ein lebender Körper ohne Geist?*

»Ich habe keine Zeit für Rätsel und Wortspiele, Faethor«, erinnerte ihn Harry.

Ich habe nicht gespielt, sondern deine Frage beantwortet, sagte Faethor. *Teilweise jedenfalls. Du bist doch ein intelligenter Mann. Kommst du nicht von allein darauf?*

Das ließ Harry nachdenklich werden. Gegenpole. War es das, was Faethor andeutete: daß Thibor sich in diesem hirnlosen Wesen wieder einnisten könne? Ein neues Wesen, mit Yulians physischer Gestalt und Thibors Vampirgeist?

Während er darüber nachdachte, lauschte Faethor natürlich Harrys Überlegungen. *Bravo!* applaudierte der Vampir.

»Dein Vertrauen ehrt mich zwar, ist aber fehl am Platz«, sagte

Harry nüchtern. »Ich habe die Antwort immer noch nicht. Oder ich verstehe sie einfach nicht. Mir ist nicht klar, wie Thibors mentale Gestalt Yulians Körper steuern könnte. Jedenfalls nicht, solange Yulians eigener Verstand seinen Körper regiert.«

Wieder gab Faethor ein knappes *Bravo* von sich, und Harry tappte weiter im Dunklen.

»Erkläre es mir«, gab sich der Necroscope schließlich geschlagen.

Falls Thibor Yulian Bodescu zu den Kreuzhügeln locken kann, begann Faethor nun, *und falls er seinen überlebenden Ausläufer, das von ihm abgestoßene Protofleisch, das er möglicherweise gerade zu diesem Zweck dort zurückließ, mit Bodescu vereinigen kann ...*

»Könnte er eine hybride Form erschaffen?«

Warum nicht? Bodescu trägt ja bereits etwas von Thibor im Inneren. Er steht schon unter dessen Einfluß. Das einzige Hindernis, wie du selbst feststelltest, wird der eigene Verstand des Jungen darstellen. Die Antwort: Thibors Vampirgewebe wird, sobald er es einmal im Körper hat, einfach Yulians Hirn auflösen, um für Thibors Hirn Platz zu machen!

»Es auflösen?« Harry wurde ein wenig übel bei diesem Gedanken.

Buchstäblich!

»Aber ... ein Körper ohne die Steuerung durch das Hirn stirbt doch ganz schnell!«

Ein menschlicher Körper gewiß, sofern er nicht künstlich am Leben gehalten wird. Aber Bodescus Körper ist nicht mehr vollständig menschlich. Das ist doch wohl der Kernpunkt deines Problems, ja? Er ist ein Vampir. Und Thibors Übergang in den neuen Körper würde ohnehin nur einen Moment dauern. Yulian Bodescu würde die Kreuzhügel hinaufgehen und anscheinend völlig unverändert wieder herunterkommen. Doch tatsächlich ...

»Wäre es Thibor, der zurückkehrt!«

Bravo! wiederholte Faethor noch einmal sarkastisch.

»Dankeschön«, sagte Harry gelassen, ohne den Sarkasmus des anderen zu beachten. »Jetzt weiß ich immerhin, daß ich auf der richtigen Spur bin und daß einige meiner Freunde genau das Richtige unternehmen. Was allerdings noch eine letzte Frage offen läßt.«

Ja?

Der schwarze Humor war in Faethors Stimme zurückgekehrt und schien etwas andeuten zu wollen. *Laß sehen, ob ich richtig rate. Du willst wissen, ob ich, Faethor Ferenczy – genau wie Thibor, der Wallache – etwas von mir zurückgelassen habe, was in der dunklen Erde gedeiht. Habe ich recht?*

»Du weißt genau, daß du recht hast«, sagte Harry verdrossen. »Nach allem zu schließen, was ich bis jetzt erfahren habe, könnte das eine Vorsichtsmaßnahme aller Wamphyri sein, für den Fall, daß der Tod sie einmal doch ereilt.«

Harry, du warst sehr offen zu mir, und das mag ich. Also werde auch ich nun offen sprechen. Nein, dieser ... Ausläufer ist Thibors Erfindung. Ich wünschte jedoch, ich hätte zuerst daran gedacht! Was meine vampirischen »Überbleibsel« betrifft: Ja, ich glaube, es gibt welche. Vielleicht sogar mehrere.

»Und diese befinden sich in deiner Burg in der Horvathei, die Thibor niederbrannte?«

Ein sehr einfacher Rückschluß.

»Doch du verspürst nicht den Wunsch, diese Überreste so wie Thibor dazu zu verwenden, um dich erneut aus dem Grab zu erheben?«

Du bist naiv, Harry. Wenn ich könnte, würde ich das auch tun. Doch wie? Ich starb hier und kann diesen Fleck nicht verlassen. Und außerdem weiß ich, daß du alles vernichten wirst, was Thibor vor tausend Jahren in meiner Burg eingeschlossen hat, sollte es überlebt haben. Aber tausend Jahre, Harry! Stell dir das vor. Selbst ich weiß nicht, ob vampirisches Protoplasma so lange und unter solchen Bedingungen überleben kann.

»Doch es könnte überlebt haben. Interessiert dich das nicht?«

Harry vernahm etwas wie einen Seufzer. *Harry, ich sage dir etwas. Glaube mir, wenn du magst, oder glaube mir nicht, aber ich habe meinen Frieden gefunden. Mit mir selbst zumindest. Meine Tage sind vorbei und ich bin es zufrieden. Hättest du dreizehnhundert Jahre lang gelebt, würdest du mich vielleicht verstehen. Möglicherweise glaubst du mir, wenn ich dir gestehe, daß selbst du im Grunde eine Störung meiner Ruhe darstellst. Nun solltest du mich nicht länger aufregen. Meine Schuld Ladislau Giresci gegenüber ist in vollem Maße bezahlt. Lebwohl!*

Harry wartete einen Augenblick und sagte dann nur: »Lebwohl, Faethor!«

Er fühlte sich mit einem Mal so müde, so ausgelaugt. So suchte er ein Raum-Zeit-Tor und verschwand im Möbius-Kontinuum.

Harry Keoghs Unterhaltung mit Faethor Ferenczy war keinen Augenblick zu früh beendet worden. Harry jr. wachte auf und zog den Geist seines Vaters nach Hause. Von dem ständig stärker werdenden Bewußtsein des Babys aus dem Möbius-Raum gerissen, mußte Harry so lange ausharren, bis sein Sohn wieder einschlief. Es dauerte jedoch sehr lange, erst um 19.30 Uhr am Sonntag Abend schloß Harry jr. müde die Augen. Da war es in Rumänien bereits zwei Stunden später und Nacht.

Die Vampirjäger hatten eine Zimmerflucht in einem alten Hotel in den Außenbezirken von Ionesti bezogen. In einer gemütlichen, holzgetäfelten Lobby beendeten sie ihre Planung für den Montag und nahmen noch ein paar Drinks, bevor sie früh zu Bett gingen. Zumindest hatten sie das vorgehabt. Nur Irma Dobresti war abwesend, weil sie nach Pitesti gefahren war, um gewisse Dinge zu erwerben und andere Vorbereitungen zu treffen. Sie wollte sicher gehen, daß sie am Montag alles zur Hand hatten. Die Männer waren sich einig, daß sie wohl gutes Aussehen und Charme vermissen ließ, diesen Mangel jedoch durch ihre effektive Arbeitsweise vergessen machte.

Als Harry Keogh sich materialisierte, fand er sie mit Gläsern in den Händen um einen offenen Kamin versammelt. Die einzige

Vorwarnung in Bezug auf seine Ankunft erhielten sie, als sich plötzlich Carl Quint in seinem Sessel kerzengerade aufrichtete, wobei ihm der Slibowitz auf den Schoß tropfte.

Quint war sichtlich bleich geworden, blickte sich zuerst im ganzen Raum um und stand auf. Doch selbst stehend wirkte er in sich zusammengesunken. »Oh-oh!« war alles, was er herausbrachte.

Gulharov war offensichtlich überrascht, aber auch Krakovic spürte irgendetwas. Er schauderte und fragte: »Was? Was? Ich glaube, da ist ...«

»Sie haben recht«, unterbrach ihn Kyle, eilte zur Eingangstür der Zimmerflucht, verschloß sie, und dann schaltete er alle Lampen bis auf eine ab. »Sie täuschen sich nicht. Da ist schon etwas. Aber immer mit der Ruhe – *er* ist es bloß.«

»Was?« fragte Krakovic noch einmal. Die Temperatur im Raum sank rapide, und sein Atem hing wie eine Dampfwolke vor seinem Mund. »Wer ... wer ist es?«

Quint holte tief Luft. »Felix«, sagte er mit zittriger Stimme, »sagen Sie Sergei, er müsse keineswegs in Panik ausbrechen. Ein Freund kommt soeben an, aber beim ersten Mal kann er einem durchaus Angst einjagen.«

Krakovic sagte etwas auf Russisch zu Gulharov, woraufhin der junge Soldat sein Glas abstellte und sich langsam erhob. Und genau in diesem Augenblick war Harry plötzlich da.

Er nahm seine übliche Gestalt an, nur lag das Baby in seiner Körpermitte nicht mehr in Fötushaltung da, sondern saß still, drehte sich auch nicht mehr um die eigene Achse. Es schien sich mit geschlossenen Augen an Harry zu lehnen, als ob es meditiere. Die Erscheinung Keoghs schien auch etwas blasser als sonst zu sein. Seine Leuchtkraft hatte nachgelassen, während das Abbild des Kindes eindeutig heller leuchtete.

Als Krakovic sich vom ersten Schreck zu erholen begann, erkannte er Keogh augenblicklich. »Mein Gott«, platzte Krakovic heraus, »ein Gespenst – nein, zwei Gespenster! Ja, und ich kennen den einen. Das Ding Harry Keogh ist!«

»Kein Gespenst, Felix«, beruhigte Kyle den Russen, wobei er ihn am Arm nahm. »Er ist sehr viel mehr als ein Gespenst, und man muß vor ihm keine Angst haben, das versichere ich Ihnen. Ist mit Sergei alles in Ordnung?«

Gulharovs Adamsapfel hüpfte verzweifelt auf und ab, seine Hände zitterten und die Augen quollen ihm schier aus dem Kopf. Wäre er des Wegrennens fähig gewesen, er hätte es wohl getan, aber aus seinen Beinen war alle Kraft gewichen.

Krakovic sprach scharf auf Russisch zu ihm, befahl ihm, sich hinzusetzen und alles sei in Ordnung.

Das nahm ihm Sergei zwar nicht ab, doch er setzte sich folgsam, ja, er sackte in seinen Sessel zurück.

»Die Bühne gehört Ihnen, Harry«, sagte Kyle.

»Himmel, gütiger!« stöhnte Krakovic, der ziemlich hysterisch wirkte, aber Gulharovs wegen gelassen zu wirken versuchte. »Jemand vielleicht mir erklären?« Sein Englisch wurde in Streßsituationen jedesmal schlechter.

Keogh sah erst ihn und danach Gulharov an. *Du bist Krakovic,* sagte er zu dem Ersteren. *Du hast psychische Fähigkeiten; das macht es leichter. Aber dein Freund hat keine. Ich kann ihn wohl erreichen, aber es kostet Mühe.*

Krakovic öffnete und schloß den Mund wie ein Fisch auf dem Trockenen, sagte nichts und ließ sich dann in seinen Sessel neben Gulharov fallen. Er leckte über seine trockenen Lippen und blickte Kyle an. »Nicht ... nicht Gespenst?«

Nein, bin ich nicht, antwortete Harry. *Aber ich denke, das ist ein verständlicher Fehler. Sehen Sie, ich habe keine Zeit, meine Existenz ausführlich zu erklären. Jetzt, da Sie mich gesehen haben, kann das vielleicht Kyle für mich übernehmen, ja? Aber erst später. Im Augenblick habe ich sehr wenig Zeit, und was ich zu sagen habe, ist ziemlich wichtig.*

»Felix«, sagte Kyle, »versuchen Sie, Ihre Überraschung zu überwinden. Akzeptieren Sie einfach, daß dies geschehen ist, und verpassen Sie nichts von dem, was er sagt. Sobald ich eine Möglichkeit habe, werde ich Ihnen alles erzählen.«

Der Russe nickte, riß sich zusammen und sagte: »Gut, gut.«

Harry berichtete alles, was er seit ihrem letzten Gespräch erfahren hatte. Er drückte sich extrem knapp aus. In weniger als einer halben Stunde hatte er die Kenntnisse der Männer von INTESP auf den neuesten Stand gebracht. Schließlich war er fertig und sah Kyle erwartungsvoll an. *Wie steht es in England?*

»Ich werde morgen zur Mittagszeit wieder mit unseren Leuten Kontakt haben«, sagte Kyle.

Und mit dem Haus in Devon?

»Ich glaube, es ist an der Zeit, es zu stürmen.«

Keoghs Abbild nickte. *Finde ich auch. Wann schlagen Sie in den Kreuzhügeln zu?*

»Morgen werden wir diesen Ort endlich zu sehen bekommen«, antwortete Kyle. »Und dann ... ich würde sagen, am Dienstag, aber bei Tageslicht!«

Wieder nickte die Keogh-Erscheinung. *Ich würde an Ihrer Stelle gleichzeitig im Harkley House bei Bodescu losschlagen. Mittlerweile dürfte er ziemlich sicher wissen, was er ist, und möglicherweise hat er seine vampirischen Kräfte auch bereits erprobt. Wahrscheinlich ist er aber nicht so clever und gerissen wie Thibor oder Faethor. Die beiden haben ihre Wamphyri-Identität mehr als sorgfältig verschleiert. Sie sind nicht herumgerannt und haben völlig überflüssige weitere Vampire »gezeugt«. Andererseits stellt Yulian Bodescu, gerade weil er nicht geschult wurde, eine richtige Zeitbombe dar! Wenn man ihm Angst einjagt, dann einen Fehler begeht und Bodescu richtig loslegt, wird er sich wie ein Steppenbrand ausbreiten, wie ein Krebsgeschwür im Körper der Menschheit.*

Kyle war klar, daß Keogh recht hatte. »In Bezug auf das Timing stimme ich Ihnen zu, aber machen Sie sich nicht hauptsächlich deshalb Sorgen, weil Sie fürchten, Bodescu könnte Thibor früher als wir erreichen?«

Das kann sein, antwortete die Erscheinung. *Doch unseren bisherigen Informationen nach weiß Bodescu überhaupt noch nichts von den Kreuzhügeln und dem Grab. Nun gut, lassen Sie uns das für den Augenblick vergessen. Wissen Ihre Männer in England eigentlich genau, was sie zu tun haben? Nicht jeder Mann ist für eine solche Belastung geschaffen. Es ist eine ziemlich ekelerregende Arbeit. Die alten Methoden, meine ich: Pflock, Enthauptung, Verbrennung – aber es gibt keine andere Möglichkeit. Nichts anderes funktioniert. Und mit Samthandschuhen kann man das Problem nicht anpacken. Es muß schon ein großes Feuer – ein Freudenfeuer – sein, das Harkley House reinigt, wegen der Kellergewölbe ...*

»Weil wir nicht wissen, was sich dort unten befindet? Sie haben recht. Wenn ich morgen mit den Männern spreche, werde ich sichergehen, daß sie das gesamte Ausmaß verstehen. Ich glaube allerdings, ihnen ist es bereits klar, aber ich werde sie auf jeden Fall ins Gebet nehmen. Das gesamte Haus muß weg, vom Keller bis zum Dach. Ja, und falls möglich noch ein wenig tiefer als die Kellerräume!«

Gut, kommentierte Keogh knapp. Einen Augenblick lang stand er schweigend da – ein Hologramm aus dünnen blauen Neonstreifen. Er schien ein wenig unsicher, wie ein Schauspieler, der auf ein Stichwort des Souffleurs wartet. Dann fuhr er fort: *So, ich habe noch einiges zu tun. Es gibt da ein paar Leute – Tote –, denen ich für ihre Hilfe zu danken habe. Und ich habe noch nicht herausgefunden, wie ich dem Sog, der Anziehungskraft meines Sohnes, entschlüpfen kann. Das wird ein immer größeres Problem für mich. Also entschuldigen Sie mich jetzt bitte!*

Kyle trat vor. Es lag etwas so Endgültiges in Keoghs Worten und Haltung. Kyle wollte die Hand ausstrecken, doch er wußte, daß nichts da war, jedenfalls nichts, was eine materielle Substanz aufgewiesen hätte. »Harry«, sagte er, »bitte danken Sie ihnen auch in unserem Namen. Ihren Freunden, meine ich.«

Werde ich, bestätigte die Erscheinung mit blassem Lächeln und verschwand in einem sich schnell auflösenden Regen blauer Funken.

Einige Augenblicke lang herrschte atemlose Stille. Dann schaltete Kyle die Lampen wieder an und Krakovic atmete laut und deutlich auf. Er sagte: »Und nun ... ich hoffe, Sie mir schulden eine Erklärung!«

Was Kyle durchaus verstehen konnte.

Harry Keogh hatte alles getan, was ihm möglich gewesen war. Der Rest lag in den Händen der physisch Lebenden, oder zumindest bei den Menschen, die dazu in der Lage waren.

Im Möbius-Kontinuum spürte Harry ein mentales Ziehen. Sogar im Schlaf war die Anziehungskraft des Babys noch enorm. Harry jr. verstärkte seinen Griff um den Geist des Vaters, und Harry sen. war sicher, daß er sich nicht getäuscht hatte: Sein Sohn zehrte von des Vaters Geist, von seinem Wissen, und absorbierte die Substanz seines Wesens. Bald mußte Harry einen endgültigen Bruch herbeiführen. Aber wie? Wohin konnte er sich dann begeben? Was würde von ihm übrigbleiben, fragte er sich, falls er vollständig absorbiert wurde? Wäre überhaupt noch etwas übrig?

Oder wäre seine Existenz einfach beendet, außer vielleicht im Rahmen eines zukünftigen esoterischen Talents seines Sohnes?

Wenn er den Möbius-Raum zum Reisen benutzte, konnte Harry ja immer die Zukunft betreten, um die Antwort auf seine brennenden Fragen zu erhalten. Allerdings zog er es vor, nicht alles im Voraus wissen zu wollen, denn die Zukunft erschien ihm auf irgendeine Art als unberührbar. Nicht, daß er sich wie ein Betrüger gefühlt hätte – er bezweifelte einfach, daß es weise sei, die Zukunft zu kennen.

Denn wie die Vergangenheit lag auch die Zukunft fest. Und falls Harry etwas sah, was ihm nicht gefiel, würde er dann nicht versuchen, gerade dies zu vermeiden? Natürlich würde er, obwohl er wußte, daß es dennoch unvermeidbar war. Und das würde seine ohnehin schon eigentümliche Existenz noch weiter komplizieren.

Der einzige kurze Ausblick, den er sich gestatten wollte, sollte dazu dienen, festzustellen, ob er überhaupt eine Zukunft hatte. Und das war nun eine sehr einfache Übung für Harry Keogh.

Immer noch gegen den Sog seines Sohnes ankämpfend, fand er ein Tor in die Zukunft, öffnete es und blickte in die sich endlos dehnende Weite hinaus.

Vor der sich auf subtile Weise ständig verändernden Dunkelheit der Vierten Dimension erstreckten sich die Myriaden von neonblauen menschlichen Lebenslinien in einen saphirfarbenen Dunst hinein. Diese Linien definierten die Längen der bereits existierenden und zukünftigen Leben. Harrys Lebenslinie zog sich von seinem körperlosen Geist bis in eine anscheinend unendliche Weite. Aber er sah, daß sie gleich hinter dem Möbius-Tor die Richtung änderte und dann parallel zu einer zweiten Linie verlief, wie die beiden Fahrbahnen einer Autobahn rechts und links von einem Mittelstreifen. Er nahm an, daß die zweite Lebenslinie die seines Sohnes sei.

Er schnellte sich von dem Tor weg und durchquerte die Zukunft, wobei er den parallel verlaufenden Lebenslinien folgte. Schneller als ihre Leben verliefen, flog er durch die Zukunft und beobachtete. Er war traurig, als er sah, wie viele blaue Linien sich verdunkelten und abbrachen, denn er wußte, daß diese Menschen sterben würden. Andere wieder sah er mit hellem Glitzern zum Leben erwachen. Wie Sterne erschienen sie in der Dunkelheit und gebaren dann leuchtende Neonstrahlen. Das waren Geburten, neue Leben, die ständig entstanden. Und so flog er weiter vorwärts. Die Zeit wurde hinter ihm ganz kurz aufgewühlt wie das Kielwasser eines Schiffes, beruhigte sich jedoch sofort wieder.

Plötzlich spürte Harry, obwohl er ja keinen Körper besaß, einen eisigen Windstoß von der Seite her. Es mußte sich ja wohl um eine psychische Erscheinung handeln. Und tatsächlich, als er sich umblickte, erspähte er in geringer Entfernung eine Lebenslinie, die sich von den anderen abhob wie ein Hai in einem Schwarm von Thunfischen. Denn dieser Strang war rot – die Lebenslinie eines Vampirs!

Und sie krümmte sich ganz offensichtlich auf die seine und die seines Sohnes zu! Angst stieg in Harry auf. Die rote Lebenslinie trieb näher heran; jeden Moment mußte sie seine und die seines Kindes berühren.

Dann –

– die Lebenslinie Harry Juniors kurvte mit einem Mal scharf nach der Seite weg und verlief in einem wahren Ozean blauer Fasern weiter. Und die Linie Harry Seniors folgte der seines Sohnes und bog scharf ab, wobei sie gerade noch dem Vorstoß des Vampirs entging. Das Ganze wirkte wie die Manöver von Rennwagen bei einem Autorennen. Aber Harrys Ausweichmanöver war blind und rein instinktiv erfolgt, und nun schien seine Lebenslinie wild und unkontrolliert durch die Dunkelheit der Zukunft zu rasen.

Und dann, einen Augenblick später, erlebte Harry das Unmögliche: einen Zusammenstoß! Eine andere blaue Lebenslinie, die bereits trübe erschien und sich aufzulösen begann, prallte aus dem Nichts heraus auf seine. Wie voneinander angezogen bogen sie sich aufeinander zu und vereinigten sich in einer blendenden Neon-Explosion, um danach als eine einzige Linie weiter zu verlaufen. Ganz kurz spürte Harry die Gegenwart – oder eher das schwache Echo der Gegenwart – eines anderen menschlichen Geistes in seinem eigenen. Dann war er verschwunden und er war wieder allein in seinem Verstand.

Er hatte genug gesehen. Die Zukunft mußte sich ohne seine Nachhilfe entwickeln. Er sah sich um, fand ein Tor und trat wieder ins Möbius-Kontinuum ein.

Sofort begann das Baby erneut, ihn zu sich heranzuziehen.

Harry stemmte sich nicht dagegen, sondern ließ sich entspannt nach Hause treiben. Nach Hause in den Geist seines Sohnes in Hartlepool, den er an einem Samstag Abend im frühen Herbst 1977 erreichte.

Er hatte vorgehabt, mit gewissen neuen Freunden in Rumänien zu sprechen, doch das mußte warten.

Was seinen ›Zusammenstoß‹ mit der Zukunft einer anderen Person betraf: Er wußte kaum, was er davon zu halten hatte. Aber in dem kurzen Augenblick, bevor das Leben dieser Person endete, hatte er geglaubt, das schwächer werdende Echo dieses Geistes *erkannt* zu haben!

Und das war das größte all jener Rätsel.

Liebe Leser,

wird es Harry Keogh gelingen, Yulian Bodescus Pläne zu vereiteln? Antworten finden Sie im nächsten spannenden Band der NECROSCOPE-Saga:

TOTENWACHE

Band 5